궤도 밖에도 길은 있다

궤도 밖에도 길은 있다

승민이와 엄마의 성장협주곡

유미경 지음

여는
글

나는 유명인도 아니고 그렇다고 성공일기를 쓸 만한 사람도 아니다. 소시민으로 자랐으며 우리 시대 대부분의 부모들처럼 결혼 생활의 제일 큰 숙제가 아이들 키우는 것이라 여기며 살아왔던 평범한 엄마다. 세상에 아이를 키우면서 고민하고 갈등하지 않은 부모가 있을까. 나 역시 한 생명을 책임지고 있다는 중압감 때문에 날마다 흔들리고 솔깃하고 결심하는 무한반복의 쳇바퀴 속을 달려왔다.

나는 지금 오스트리아 빈에 와 있다. 어느 순간 그렇게 당연하게 여겼던 쳇바퀴에서 뛰어내린 것이다. 남편과 나 그리고 두 아들은 이 새로운 결정 앞에 마치 하나의 작은 앙상블처럼 서로 양보하고, 의지하고, 보듬으면서 성장하고 있다. 이 모든 갈등과 변화의 중심에 작은 아이 승민이가 있다. 그 이야기를 하고 싶었다. 예고 입시에서 떨어진 후 좌절과 절망 속에서 지푸라기라도 잡는 심정으로 보낸 이메일 한 통이 만들어낸 기적을 다른 사람들과 공유하고 싶어서였다.

아이가 음악 신동으로 세상을 떠들썩하게 이름을 날리고 있는 것은 아니다. 그런데도 시간이 날 때마다 컴퓨터 앞에 앉아 그동안 겪었던 일들을 세상에 풀어놓기 위해 안간힘을 썼다. 첫 문장을 무엇으로 시작할까 고민하면서 거의 두 해를 보냈고, 백 번 정도 썼다가 지우기를 반복했다. 그런 나 자신의 모습이 낯설고 우스우면서도 매일 밥을 먹고 숨을 쉬는 것만큼이나 자연스럽게 글쓰기에 매달렸다.

지금 이 순간에도 입술 위를 맴도는 무수한 말들, 머릿속에 떠오르는 오만가지 기억들, 그 안에서 피어오르는 생각들이 과거로 가라앉지 않고 내 몸 밖으로 빠져나오려고 아우성치고 있다. 그만큼 이

땅의 엄마로 살아오며 번민했던 순간들이 어렵고 힘들었다. 지금도 나와 비슷한 고민을 하며 밤새 뒤척일 또 다른 엄마들, 아니다 싶으면서도 어쩔 수 없이 괴로움을 견디고 있는 아이들에게 그 궤도 밖에도 다른 길이 있더라는 것을 알려주고 싶었다. 우리가 빠져나온 쳇바퀴는 그만큼 힘들고 난감하고 안타까웠으니까.

망설이기도 했다. 괜히 개인적인 이야기를 공개하고 난 후에 사람들에게 욕만 먹는 것은 아닐까. 나보다 어려운 상황에 놓인 사람들에게 오히려 상처만 주는 것은 아닐까. 고민에 고민을 거듭했다. 그러면서도 누군가 나의 경험으로 용기를 얻고, 조금쯤 다른 선택을 시도할 수만 있다면 그걸로 충분히 의미 있지 않을까라는 생각이 자꾸만 고개를 들었다. 잘나지도 못나지도 않은 보통사람들, 위로도 아래로도 눈에 띌 정도로 특별하지 않은 어중간한 사람들. 그들 속에 있었던 우리 역시 그런 이유로 더더욱 참고할 만한 길잡이가 없어서 헤매고 또 헤매지 않았던가.

돌아보면 우리가 살아가는 이 삶은 한 치 앞을 내다볼 수 없다. 늘 새로운 일을 경험하며, 놀라움과 깨달음으로 안개 속과 같은 미래를 향해 한 걸음 한 걸음 앞으로 나아가고 있다. 낯선 곳을 여행할 때처럼 두려움과 기대 속에 묘한 긴장을 느끼지만, 어느 순간 '아하!' 고개를 끄덕이며 안심하고 기쁨을 느낄 때의 행복감이라니. 그런 작은 것들이 모여 삶을 풍요롭게 하는 것이 아닐까.

이렇게 우리 모두는 더듬거리며 인생 여행을 하고 있다. 어디를 향하는지 알 수 없지만, 돌아갈 수도 없는, 한 삶에 주어진 하나의 여행. 나는 지금 어디쯤인가. 그리고 어디로 가야 하는가. 그 막연한 지표면 위에서 우리는 서로 겪은 일들을 여행 정보처럼 나누며 살아야 한다. 내가 방금 지나쳐 온 그 길이 누군가에겐 간절히 찾아 헤매던 비밀의 통로가 될지 누가 알겠는가.

차례

2부   이런 게 기적일까?

3부 오케스트라로 배운 어깨동무

4부 아니다 싶으면 판을 바꿔라

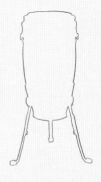

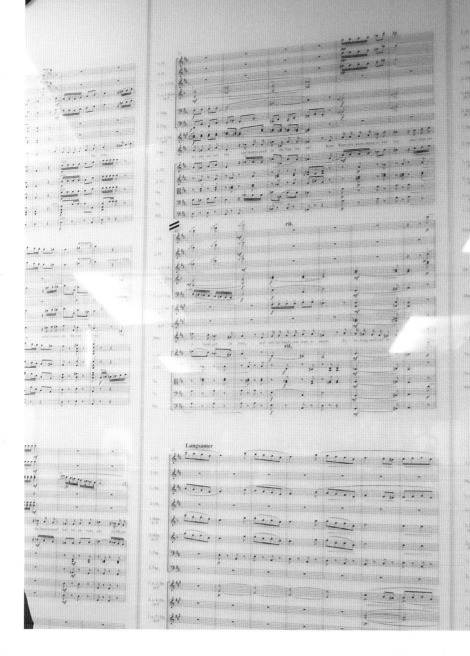

1

아이의 폭탄선언

천방지축
독불장군

둘째 아들 승민이는 초등학교 때부터 '천방지축, 독불장군'이라는 표현이 어울렸던 아이다. 물론 이건 어디까지나 엄마인 내 관점에서 본 것이다. 바른 생활 소녀로 성장했던 나의 잣대로 판단하고 평가한 극히 주관적인 표현인 셈이다. 공동체 생활에 순응하고, 공부도 열심히 해 선생님한테 칭찬받고, 생각이 많고 독서를 좋아하는 예의바른 아이. 그런 아이로 자라길 바랐다.

그러나 현실 속의 아이는 달랐다. 학교가 끝나면 매일 총싸움과 축구로 시간을 보내고, 수학 문제집이라도 풀라고 하면 온몸을 뒤틀기 일쑤였다. 글씨도 엉망진창 휘갈겨 쓰고, 말투도 공손하지 않았으며, 독후감 숙제는 대부분 내가 불러 주다시피 해서 겨우 완성하곤 했다. 교실 안에 가만히 앉아 있으라는 선생님 지시를 따라야 하는 것도 몹시 힘들어했다. 학창시절 내내 모범생 소리를 듣고 자랐던 나로서는 도저히 용납할 수 없는 모습들이었다. 난 늘 승민이를 내가 커온 시간의 기준 안에서 바라보았다.

게다가 몸집이 급격히 커지면서 사춘기가 일찍 찾아왔는지 선생님과의 갈등이 점점 심해졌다. 급기야 온갖 틱이 나타나기 시작했다. 눈 깜박거리기, 킁킁거리기, 코 만지기, 고개 돌리기…. 이런 틱들이 돌아가면서 아이를 찾아오니 눈앞이 캄캄해져 오면서 이 문제를 어떻게 해결해야 할지 몰라 마음고생을 했다.

4학년 때 승민이를 캐나다로 어학연수를 보냈다. 당시는 부모들 사이에 해외 어학연수가 유행처럼 번지고 있었는데, 무엇보다도 가고자 하는 승민의 의지가 강했다. 영어로 우리나라 이야기를 친구들에게 들려줄 수 있을 만큼 배우고 오겠다며 야무진 포부를 밝히기도 했다. 영어학원의 힘든 숙제를 감당하며 생고생하느니 원어민들과 함께 생활하며 배우는 게 훨씬 효율적일 것 같았다. 언어야말로 현지에서 생활과 문화로 접하는 게 옳은 방법일 것 같아서 우리 부부도 마침내 결단을 내렸다. 목돈으로 들어가는 연수 비용은 매달 들어갈 영어학원비를 미리 당겨쓰는 셈치자고 생각했다. 모범생이었던 엄마와 말썽쟁이 아들이 한참 부딪히고 있던 와중이

4학년 때 승민이는 캐나다로 어학연수를 갔다. 가고자 하는 승민의 의지가 강했다. 하지만 그 결정이 잘못된 것일까, 캐나다에서 돌아온 뒤 선생님의 수업 속도를 따라가지 못했다.

라 아이에게도 좋은 전환점이 될 수 있지 않을까 하는 기대도 있었다.

그 결정이 잘못된 것이었을까. 아이는 캐나다에서 돌아온 뒤 선생님의 수업 속도를 따라가지 못했다. 물론 가기 전에도 안 그런 건 아니지만, 자기 스스로 납득이 되어야만 다음 단계로 넘어가는 고집스런 성정은 선생님이 학습 진도를 나가는 데 걸림돌로 작용했다. 나는 아이에게 "너는 이 나라에서 태어나고 이 나라에서 살 거니까 어쩔 수 없이 단체생활에 적응하고 그 요령을 습득해야 한다"고 을러댔다. 세상을 바꿀 수 없을 거면 튀지 않게라도 버텨야 한다고 말이다.

승민이가 다니던 초등학교는 한자 특성화 학교라서 매년 한자 인증 시험을 보았다. 이를 위해 아침시간에 한자를 배우고 매일 몇 페이지씩 써오라는 숙제를 내주었다.

그러던 어느 날, 담임선생님에게 전화가 왔다. 승민이가 선생님한테 대들었단다. 왜 한자를 배워야 하냐고. 선생님은 "무슨 이런 애가 다 있느냐"고 항의를 하셨다. 나도 피아노 학원을 운영하고 있는 터라 유난스럽고 수용적이지 못한 아이를 지도한다는 게 얼마나 애가 타는지 선생님의 입장이 이해되었다. 다른 아이들을 가르치고 있는 내가 학교 선생님한테 그런 전화를 받으니 난감했다.

궤도 밖에도 길은 있다

선생님을 탓할 수도, 아이를 탓할 수도 없었다. 자괴감이 몰려왔다. 자기 아이조차 제대로 못 가르치는 사람이 어떻게 다른 아이들을 가르치느냐고 조롱하는 소리가 환청처럼 들려왔다.

아이는 점점 더 자신이 납득할 수 없는 것을 강압적으로 시키는 분위기에 거부감을 느끼고 있었다. 이런 아이한테 학교에서 시키는 것은 군소리 말고 무조건 따라야 한다고만 말할 수는 없었다. 모두 똑같이 한자를 배워야 한다는 강제의무 규정은 엄마인 나부터도 선뜻 동의하기가 힘들었다. 내가 나서서 아이에게 뭔가 조리 있게 납득을 시키자면 '이걸 배워 두면 어떠어떠해서 좋으니 너에게 꼭 필요한 일'이라고 말해야겠는데, 딱히 설득할 말이 떠오르지 않았다.

그러면서 동시에 후회가 들기도 했다. 괜히 캐나다로 보내 그곳 학교생활을 경험시켰던 건 아닐까. 캐나다의 문화를 맛보고 돌아온 후라서 우리나라 학교생활에 더 적응을 못하는 건 아닐까 싶어 밤새 뒤척거리며 입술을 깨물었다. 나는 과연 잘하고 있는 엄마일까?

일이냐
아이냐

승민이는 유치원 때는 물론이고 초등학교 다닐 때에도 "엄마, 엄마" 하면서 내 치맛자락을 붙잡고 다니던 애였다. 천방지축에 의지는 엄청 강하지만 엄마에 대한 어리광은 커서도 한참 지속되었다. 한번은 이런 일도 있었다.

어느 날 일이 일찍 끝나서 학교로 마중 나갔더니 친구들이랑 신나게 얘기하면서 걸어오던 아이가 나를 발견하자마자 갑자기 가방을 바닥에 질질 끌면서 징징거리는 목소리로 "엄마 무거워~" 하며 어리광을 피우는 것이었다. 그럴 때면 내가 아이한테 충분한 사랑을 주지 못하고 있는 건 아닐까라는 생각에 가슴이 저려 왔다.

아무래도 내가 피아노 학원에 애정을 많이 쏟는 것이 불만이었는지 우리 애들은 항상 "엄마는 다른 애들을 나보다 더 사랑하는 거 같아요. 그쵸?" 하면서 항의 반 투정 반 하기 일쑤였다. 그럴 때면 "엄마는 프로페셔널하게 살고 싶어. 집안일로 아무 때나 약속된 레슨 시간을 바꾸면 엄마 일을 제대로 해나갈 수가 없어. 항상 너를 위해서 기다리고 왔다 갔다 하기만 하는 엄마가 아니라, 이 엄마도 아침에 출근해서 자기 일을 충실히 하는 사람이 되고 싶어" 하면서 아이들을 달래고 설득하곤 했다. 아이들 입장에서는 냉정하게 보일 수 있겠다 생각하면서도 어쩔 수 없었다.

그래서 레슨은 오후에 시작되는데도 일부러 오전 9시나 10시쯤에 학원에 미리 나가서 레슨 교구도 챙기고, 교재 연구를 했다. 그러다 보니 어쩌다 학교에서 학부모회의에 참석하라고 하면 아이들이 먼저 "우리 엄마는 일하셔서 못 와요"라고 엄마의 사정을 대변하곤 했다. 그러면서도 엄마의 애정이 늘 부족했는지 나만 보면 투정을 부리고 어리광을 피워 댔다. 그때마다 '일을 정말 그만두어야 하나' 마음속에선 갈등이 폭풍우처럼 휘몰아쳤다.

하지만 아이 옆에 매시간 함께 있어 주지 못하더라도 주말에는 온 가족이 함께 여행을 가거나 같이 놀며 사랑을 나누고, 주중에는 조금은 독립적으로 키워 가자는 것이 우리 부부의 육아 철학이자 가치관이었다. '일이냐, 아이냐' 고민하면서도 버틸 수 있었던 건 그런 믿음 때문이었다.

왜 조금 더
꽃을 들여다보게
놔두지 못했을까

애들이 한창 자랄 때 우리 집은 보통의 아파트에서는 좀처럼 보기 힘든 주위 환경을 덤으로 가진 곳에 자리 잡고 있었다. 집에서 초등학교로 가는 길은 찻길을 건너지 않고 인도로만 갈 수 있었다. 중간쯤에는 오른쪽으로는 산, 왼쪽으로는 큰 공원으로 갈 수 있는 길이 이어지는 작은 공원도 있었다. 덕분에 우리 아이들은 자동차 사고 걱정 없이 마음 편히 학교에 다닐 수 있었다.

대신 새로운 걱정거리가 생겼다. 그 길을 따라 사시사철 피고 지는 풀들과 꽃들, 나무들의 모습이 언제 봐도 감동하리만큼 아름다웠던 까닭에 그런 걸 보느라 지각을 하게 될까 봐 등하교 시간마다 똑같은 잔소리를 늘어놓아야 했다. 아이가 등굣길에 가방을 메

고 학교를 가다 말고 친구들과 구석에 앉아 기어가는 벌레며 곤충을 하염없이 들여다보며 정신줄을 놓았던 것이다. 그런 일이 자주 있다 보니 나는 뒤따라가서 "내 그럴 줄 알았어! 얼른 가!"라며 큰소리로 재촉하곤 했다. 수업이 끝나고도 공원의 어느 길로 빠져나가 사라질지 모르는 아이 때문에 아침부터 손가락 걸고 다음 코스로 직행하기를 다짐했지만 번번이 아이가 늑장을 부리는 바람에 스케줄이 틀어지곤 했다.

사실 그 스케줄이란 게 학원을 가야 하거나 방문 선생님이 오기로 일정이 잡혀 있다는 것인데, 그 당시에는 다른 어떤 일보다도 아이의 공부가 우선이었기에 마음 졸이며 채근을 하곤 했다. 왜 조금 더 꽃을 들여다보게 놔두지 못했을까? 지금에 와서야 그런 시간을 충분히 누리지 못하게 날려 버린 것이 두고두고 아쉽다.

그 시간을 대신해서 승민이가 해내야 하는 일은 반복 학습이었다. 어릴 때부터 아이는 반복 학습을 너무나 싫어했다. 왜 하느냐, 같은 걸 자꾸 해서 어디다 쓰느냐고 계속 묻고 불평을 늘어놓았다. 남편과 상의하면 "남자애들은 대부분 그런다"며 "대수롭지 않게 넘기라"고만 말했다.

하지만 나는 아이가 매사 반항하고 투덜대는 게 무척이나 힘들었다. 별 저항 하지 않고 어른들 말에 잘 순종했던 나의 어린 시절과 대비되어 더 그랬을 거란 생각은 한참 뒤에야 들었다. 당시의 나는 "왜 이걸 해야 하냐"고 자꾸 반항하는 아이를 어떻게 다잡을지 몰라 자연히 싸움이 잦아지고 갈등도 커졌다.

문제집을 푼다고 방 안에 들어갔다가 10분도 채 안 되어 물 마시겠다고 부엌으로 나오는 아이. 조금 앉아 있다 화장실에 가고 싶다고 의자에서 일어나는 아이. 그럴 때면 나는 아이에게 말하곤 했다.

"네게 거창한 걸 요구하는 게 아니야. 사람이 살아가려면 남들이 하는 만큼의 기본은 해야 하는 것 아니겠니."

그러면 아이는 속으로 부글부글 끓다가 결국 나에게 이렇게 소리쳤다.

"엄마는 기본이 너무 높아!"

평소에 그렇더라도 학교에서만 별 문제가 없었으면 그냥저냥 마음을 다스리며 넘어갔을 텐데, 선생님에게 애가 질문을 너무 많이 해서 수업 진도를 나갈 수 없다는 불평까지 들으니 스트레스가 최고조에 달했다.

승민이는 초등학교 때부터 다른 아이들보다 덩치가 컸다. 덩치가 크면 으레 어른처럼 속도 찼을 것이라고 생각할 수 있기에 선생님들은 다 큰 아이가 어린애같이 구는 것이 영 못마땅했을 것이다. 아이는 아이대로 몸집만 커지고 속은 아직 덜 여문 어린아이였으니 자신을 어떻게 주체할지 몰랐을 것이다. 아이면서도 어른처럼 존중받을 수 있었다면 얼마나 좋았을까. 승민이는 어른으로 존중받기에는 너무 어렸고, 어린아이라고 이해해 주며 넘기기에는 제 소견이 너무나 분명했던 것 같다.

한번은 이런 일도 있었다. 선생님이 체육 시간을 갑자기 다른 과목으로 대체했는데, 우리 아이가 교육청에 말하겠다면서 "왜 선생님 마음대로 하느냐"고 대든 모양이다. 체육 시간을 무척 좋아하던 아이가 그 기대가 물거품이 되어 버리니 제 딴에는 굉장히 화가 났던 것 같다. 그래도 선생님이 전화를 걸어왔을 때는 나조차 화가 나서 뭐 이런 애가 다 있나 싶고, 우리 아들이 맞나 싶기도 해서 울고만 싶었다. 대책이 없었다.

그러던 어느 날 무슨 일인가로 학교를 방문했다. 수업이 끝나는 종이 울렸으니 쉬는 시간이었을 것이다. 교실 안을 들여다보니 쉬는 시간인데도 불구하고 반 아이들이 모두 교실에 조용히 앉아 있었다. 수업이 아직 안 끝났나 싶어 두리번거리다 선생님이 교실에 안 계시기에 승민이를 살짝 불러냈다. 아이에게 "지금 쉬는 시간이 아니냐?"고 물어 보니 쉬는 시간이더라도 교실 밖을 돌아다니거나 떠들면 이름이 적히고 벌을 받는다고 했다. 승민이를 포함한 몇몇 아이들을 감당할 수 없었던 선생님이 내린 극단의 조치였을 것이다. 하지만 막상 아이들이 죄수처럼 꼼짝 못하고 앉아 있는 모습을 보니 가슴이 꽉 막혀 왔다.

학교에서는 언제나 얌전하게 가만히 있으라고 하지만, 이미 몸과 마음이 부쩍 성장한 아이들이 가만히 있기가 얼마나 힘들었을까. 게다가 학교 밖에서는 중학교를 대비해 하루가 다르게 심화된 학습을 요구하니 아이들이 느끼는 심리적 압박감이 클 수밖에 없다. 그야말로 학교와 학습, 아이의 몸과 마음이 완벽히 따로 노는 요상스런 형국이 아닐 수 없다. 6학년까지 초등학생이란 이름표를 달고 생활해야 하는 학제가 지금 우리 아이들의 성장 속도에 비추어 과연 적합한 것인지 의문이 든다.

끝장을 보아야
직성이 풀리는 아이

그렇게 매번 애를 끓이던 승민이는 가족과 함께 노래방이라도 가는 날이면 마치 제 세상에 온 것 마냥 노래를 맛깔나게 부르곤 했다. 특히 성시경의 〈거리에서〉를 불렀을 땐 나도 모르게 눈물이 핑 돌아 입에서 저절로 앙코르가 나왔다.

그 무렵 아이들 사이에서 펜 비트pen beat란 것이 유행했는데, 승민이도 여기에 상당한 재미를 붙였다. 펜의 여러 면을 책상 위에 치며 드럼 세트와 같은 여러 성부를 표현하는 것인데, 손목으로 강박을 표현한다. 파헬벨의 〈캐논〉에 맞춰 리듬 반주를 하는 동영상이 있었는지 아이는 밤새 인터넷을 보면서 그걸 연습했던 것 같다.

어느 날 아침에 보니 아이의 손목이 새파랗게 멍들어 있었다.

손바닥과 손목이 시퍼렇게 멍들 정도로 자기 리듬에 심취해 반복하고 또 반복했던 것이다. 선생님이나 어른들 눈으로 보자면 하라는 공부는 안 하고 펜으로 책상을 두들기며 딴짓만 하는 손동작이었건만, 아이는 완전히 펜 비트에 빠져들었다. 그 결과 학교생활 부적응자에 주위까지 산만하고 시끄러운 아이라는 딱지가 하나 더 생기고 말았다.

하지만 타악기를 다루고 있는 지금의 아이 입장에서는 얼마나 억울한 시선이었으랴. 이렇듯 승민이는 뭐 하나에 꽂히면 끝까지 파고드는 아이였다. 비비총 쏘는 놀이가 유행했을 때도 한번 시작했다면 사방이 깜깜해질 때까지 과녁을 맞히느라 도무지 집에 들어오지 않았던 녀석이다.

돌이켜보면 어렸을 때부터 승민이는 자기만의 오기와 끈기 같은 것을 가지고 있었던 듯하다. 다섯 살 무렵이었을까? 함께 공원에 배드민턴을 치러 나갔는데 한 시간 넘도록 아이가 라켓에 공을 못 맞혔다. 상대를 해주려니 힘들고 지쳤다. 해가 져서 날도 어둑어둑한데, 제발 그만 포기하면 좋으련만 아이는 도무지 그만둘 생각을 하지 않았다. 그러다가 우연히 공을 한 번 맞히고 나더니 득의만만한 얼굴로 이제 집에 돌아가자고 했다.

궤도 밖에도 길은 있다

승민이는 그렇게 한번 무엇을 시작하면 끝장을 보아야 직성이 풀리는 아이였다. 나는 '내일 다시 하고, 조금씩 하다 보면 될 거야'라고 생각하는 스타일인 데 반해, 아이는 나와 성향이 너무 달랐다. 이로 인해 트러블이 종종 생기곤 했다.

그런 성향 차이 때문에 더 힘들었는지도 모르겠다. 당시에는 그런 것이 하나도 좋게 보이지 않고 그냥 고집이 센 아이로만 생각됐으니까. 저런 집요함이 제발 공부에 발휘되면 얼마나 좋을까 싶어 속을 끓이곤 했다.

웬 드럼?

초등학교 5학년이 끝날 무렵, 학교 밴드부 발표회가 있었다. 승민이도 드럼 주자로서 참가하는 발표회였다. 승민이가 드럼을 배우게 된 것은 정말 우연이었다. 캐나다에서 승민이는 한국에서와 마찬가지로 바이올린을 배웠다. 그런데 그 학원 건물 1층에 드럼 전시장이 있었나 보다. 아이가 드럼에 흥미를 느끼까 같이 살던 형이 조금씩 가르쳐 주었다고 했다. 그렇게 어깨 너머로 배운 드럼이 좋았는지 승민이는 한국으로 돌아오자마자 학교 밴드부에 들어갔다. 그리고 3개월가량 지나 발표회 날이 온 것이다.

승민이가 다닌 초등학교 교장선생님은 음악을 좋아하는 분이었다. 교장실에 색소폰을 갖다놓고 업무가 끝나면 연습을 하실 정도였다. 그뿐이 아니었다. 지하 창고에 어설프지만 방음을 해서 밴드부 연습실을 만들고는 누구라도 밴드부에 들어와서 악기를 배우고 함께 연주하길 원하셨다. 그리고 아이들이 연습을 하고 있으면 한 없이 행복하고 흐뭇한 얼굴로 바라보셨다.

승민이가 캐나다에서 돌아와 복학하려고 학교를 찾아간 날 우연히 교장선생님을 만나게 되었다. 승민이 상황을 들으시더니 첫 마디가 밴드부에 들어오라는 것이었다. 악기 할 줄 아는 게 없으면 배우면 된다고 적극 권하셨다. 그런데 뜻밖에 승민이가 드럼을 하겠다고 먼저 이야기해서 나를 어리둥절하게 만들었다. '몇 번 드럼을 쳐본 경험으로 과연 할 수 있을까?' 의구심이 들었지만 교장선생님의 열정과 아이의 호기심으로 승민이는 엉겁결에 밴드부에 발을 들여놓게 되었다.

하지만 나로서는 너무 뜬금없는 악기인 데다 '그리 쉽게 배울 수 있는 악기는 아닐 텐데…'라는 생각과 '뭐 제대로 하겠나?'라는 의구심이 좀처럼 머릿속에서 떠나지 않았다.

드디어 학교 밴드부 발표회 날이 와서 갔더니 드럼 치는 6학년 선배 둘이 몇 곡을 연주하고, 몇 곡은 승민이가 연주를 했다.

"오 마이 갓!" 남편과 나는 둘이 손을 동시에 잡을 만큼 깜짝 놀랐다. 언제 저렇게 배웠단 말인가? 난생처음 듣는 승민이의 드럼 소리였다. 정확한 리듬과 생동감, 에너지가 완전히 음악 자체를

학교 밴드부 발표회 날, 승민이의 첫 연주를 들었던 순간을 잊을 수 없다. 정확한 리듬과
생동감, 에너지가 완전히 음악 자체를 살아 있는 그 무엇으로 만들어내고 있었다.

살아 있는 그 무엇으로 만들어내고 있었다. 승민이의 첫 연주를 들었던 그 순간을 지금도 잊을 수가 없다.

뭔가 심상치 않다는 생각이 들었다. 대부분의 부모는 아이가 즐겁게 학교 다니며 선생님과 친구들에게도 인정받고 사회에 나가서도 다양한 선택의 기회를 누릴 수 있으면 좋겠다고 막연히 바란다. 그런 것들을 한 번에 이룰 수 있는 지름길은 역시 '공부 잘하는 것'이라고 믿어 의심치 않는다. 나 역시 마찬가지였다.

그런데 내 아이가 그 어느 때보다 몰입하고 잘한다고 감탄을 자아내게 된 것이 생뚱맞게도 드럼이라니! 드럼을 잘해서 앞으로 어떻게 할 것인지 도무지 가늠이 되질 않았다. 그럼에도 이미 아이의 연주는 박수 한번 치고 돌아설 정도를 넘어서고 있었다.

이럴 바에는 차라리 제대로 배우게 해줘야겠다 싶었다. 드럼 하면 일반적으로 락 밴드 드러머를 떠올리게 된다. 하지만 락 밴드는 음악을 하는 나로서도 생소한 분야라 클래식 타악기 쪽으로 알아보았다. 주입식 교육을 거부하고, 움직이길 좋아하던 승민이가 타악기를 배우면서부터 조금씩 다른 아이가 되어 갔다. 끓어 넘치던 무엇이 음악이라는 통로로 분출되는 것 같았다. 표정이 밝아지고 말투도 공손해졌다. 신기하게 틱도 어느 순간 감쪽같이 사라졌다. 이제야 살 것 같다는 신호로 받아들여졌다. 최소한의 해법을 찾은 것만 같아 마음이 놓였다.

승민이가 밴드부 활동을 하지 않았다면 화산처럼 분출하는 에너지를 어찌 감당해낼 수 있었을까. 지금 생각해 봐도 아슬아슬하고 다행스런 순간이 아닐 수 없다.

그런데 음악 좋아하시던 그 교장선생님이 퇴임하신 후, 밴드부가 없어지고 말았다. 무척 아쉽고 가슴이 아팠다.

이때까지도 나는 아이에게 음악을 전공시키려는 생각까지는 하지 못하고 있었다. 아들이었다. 아무리 남녀 간 성차별이 많이 없어졌다고는 해도 아직까지는 가정의 생계 대책을 여자보다 먼저 생각할 수밖에 없는 게 남자들의 숙명이다. 외국에서 번듯하게 음악을 전공하고 돌아와서도 돈벌이가 막연해 고생하는 남자들을 누구보다 많이 알고 있었기에 더더욱 용기가 안 났다.

그러면서도 중학교 진학을 앞두고는 아이의 정신적 탈출구를 위해 오케스트라가 있는 중학교를 골랐다. 학교생활을 잘하기 위해서도 그게 나을 성싶었다.

어이없는
경쟁구조

두 아이가 다녔던 중학교는 특목고를 많이 보내서 전국적으로도 유명한 학교였다. 아이는 초등학교에 비해 학습량이 급격히 많아지고 깊이도 달라지자 무척 버거워했다. 초등학교 때부터 창의교육을 시켜야 한다고 누구나 말하던 시절이었다. 그동안 아이에게 다양한 경험과 활동을 많이 시키면서 인성교육에 힘쓰라고 엄마들에게 시간 있을 때마다 강조할 때는 언제고 막상 중학교에 가니 분위기가 완전 딴판이었다. 그런 분야에 쓴 시간을 두고두고 후회할 정도로 학습 진도를 맞추기 위해 아이가 외워야 할 것이 너무나 많았다.

특히 수학 과목은 고도의 집중력과 순발력을 요구했다. 그 분야에 더욱 재주가 없었는지 아이는 수학에 스트레스를 많이 받았다.

과목마다 우열반이 나눠지고 잘하는 애들은 잘하는 애들끼리 모여 수업을 하는 구조라 더 그랬던 것 같다. 처음에 아이는 수학 못하는 반에 들어갔다. 나는 놀라서 아이에게 집중 과외를 시켰다. 그래서 다음번에는 잘하는 반에 겨우 들어갈 수 있었다.

하루는 아이가 집에 오더니 두 학급의 차이와 모순에 대해 이야기했다. 두 곳의 수업은 정말 너무 많이 다르다고 했다. 나는 막연히 못하는 반 수업은 눈높이를 더 낮추고 기초를 다지겠거니 추측하고 있었는데, 실상은 전혀 아니었다. 그냥 대충 노는 수업이란다. 반면 잘하는 반에서는 선생님도 너무나 열심히 가르치시는데 그 수준이 또 너무 높아 따라가기 힘들다고 했다. 문제는 그렇게 가르쳐 놓고 두 반을 똑같은 시험지로 평가한다는 것.

결국 한번 우열반으로 나뉘면 졸업할 때까지 잘하는 아이와 못하는 아이로 쭉 갈 수밖에 없는, 어이없는 구조였다. 시험을 봐서 우열반으로 나눈 후에 우반 아이들은 죽어라 공부를 시키고 열반은 그냥 내팽개쳐 두는 꼴이었다. 학교는 입시 경쟁에서 성과를 내기 위해 총력을 기울이는 모드였다. 충격이었다.

이러한 교육 방법이 과연 아이들의 수학적 사고와 실력을 높이기 위한 방법이냐고 왜 그때는 학부모로서 학교에 따져 묻지 못했을까? 그게 지금도 후회가 된다.

하지만 당시의 나는 학교라는 거대한 조직에서 아이가 이탈하고

궤도 밖에도 **길은 있다**

왕따당할까 두려워서 늘 전전긍긍하며 어떻게든지 우리 아이들을
그 틀에 맞추려고 기 쓰고 노력했을 뿐이다.

"지금의 내가 싫어!"

나를 포함해 많은 엄마들이 자식을 어떻게 키워야 할 것인지 충분한 준비 없이 아이를 낳고 키운다. 어찌 보면 삶의 경험도 부족하고 가치관도 채 정립되지 않은 상태에서 아이를 낳고 키우는 것이다. 그렇다 보니 매순간 혼란스럽기 이를 데 없다. 괜찮다는 온갖 육아 서적을 들여다봐도 이론은 이론일 뿐, 아이에게 바로 적용하기가 힘들다. 누가 정답을 알려줬으면 싶은 때가 한두 번이 아니다. 가끔은 나중에 모두 엄마 책임이라고 따지면 어쩌나 싶어 두렵기도 하다.

별나지 않게, 조금은 평범하게 커주길 강요하는 나와 이래저래 많이 부딪치던 어느 날, 승민이가 사뭇 진지한 얼굴로 "지금의 내가 싫고, 다시 태어나고 싶어"라고 이야기했다. 그 말을 듣는 순간 온몸의 세포가 다 열리고, 피가 흐름을 멈춘 듯 머릿속이 하얘지면서 공포감이 죽을 만큼 밀려왔다. 아이를 잃을 것 같은 두려움에 몸이 사시나무 떨듯 떨려 왔다. 그때서야 정신이 번쩍 들었다.

'아! 내가 할 수 없는 일을 하려 했구나….'

승민이는 엄마의 요구에 부응하지는 못하겠고, 매사에 본인도 칭찬받지 못하는 자신이 한없이 싫었던 것이다.

불현듯 숱한 나날을 갈등과 한숨으로 지내면서도 자신의 속마음을 표현 못 하고, 알 수 없는 고열로 병원을 전전하던 내 사춘기가 떠올랐다. 아, 지금까지 왜 그 생각을 한 번도 하지 못했을까? 결국 자신의 꿈을 향한 엄청난 열정 때문에 나는 병치레로, 승민이는 반항으로 자신을 표현했던 것이다.

그런데도 나는 자식이란 이유로 승민이를 내 시각에 끼워 맞추려고만 했다. 남과 같은 대열에 끼고 싶어서, 아이가 낙오자가 될까 봐 조바심 내고 안간힘을 썼다. 이렇게 엄마는 해결사도 능력자도 아닌 부족하기 짝이 없는 미숙한 인간이다.

이처럼 내 스스로 해결책을 찾지 못하고 있던 때 결국 아이가 돌멩이를 던져 답을 찾게 해주었다. 나와 승민이는 엄연히 다른 인격체이고, 나의 꿈을 대신 이루거나 자랑거리 삼을 소유물이 아니라는 걸 깨닫게 한 것이다.

그 후 조급증을 조금씩 내려놓고 아이가 진정으로 무얼 하고 싶어 하는지 관찰했다. 만일 아이가 속을 썩이지 않았다면 아마도 난 계속해서 나의 생각을 강요하고 내가 맞다고 했을지도 모른다.

잊고 있던
나의 유년 시절

돈 없고 빽 없는 사람들은 오직 공부만이 출세의 수단이었던 나의 유년 시절. 지금은 그것조차 불가능하다는 세상이지만 우리 집안의 다섯 남매 중 두 명이 고시에 합격했으니 우리 부모는 당시 지금의 무엇과도 비교할 수 없는 부러움과 존경을 받고 있었다. 그 와중에 막내인 나는 '봐라! 언니 오빠가 이리 잘하는데 너도 알아서 잘할 거지?'라는 무언의 압박을 내심 느끼며 살아야 했다. 그래서 부모님 말씀에 순종하면서 그 기대에 부응하고자 부단히 노력했다.

사춘기가 무엇이던가? 난 어른이 돼서야 사춘기라는 걸 알았다. 정작 당시에는 몸 안에 꿈틀거리는 무엇을 교복 안에 가두고, 오로지 착한 딸, 성실한 학생으로만 살았다. 열심히 공부하고 중학교 내

내 반장을 하면서. 부모님을 기쁘게 해드리는 것만이 내 삶의 목표였다. 공부는 이렇게 억지로 하더라도 열심히 하면 어느 정도 된다는 것을 나는 경험으로 안다. 그러나 그런 상태가 끝까지 지속될 수 없다는 것 역시 경험으로 안다.

그렇게 생활하다가 고등학교 때 마침내 한계가 왔다. 얼굴은 항상 노랬고, 알 수 없는 열병으로 병원을 전전하는 날이 많아졌다. 그러자 부모님은 내게 "공부 안 해도 좋으니 제발 아프지만 말라"고 했다. 지금 생각해 보면 부모님이 나에게도 고시 공부 하라고 할까 봐 병치레로 미리 선수를 친 건 아니었을까. 그런 의도로 아팠던 것이라면 대성공을 거둔 셈이다. 지금도 그때의 내 무의식을 다 알 수는 없다. 가끔 혼자 추측해 볼 뿐.

그런데 일찍이 내 마음을 크게 흔들어놓은 건 피아노였다. 학교에서 본 까만 업라이트 피아노에 마음을 몽땅 빼앗기고 만 것이다. 그러나 집안 형편상 피아노를 배우고 싶다고 해서 바로 배울 수 있는 건 아니었다. 흰 건반과 비슷하게 생긴 우리 집 선풍기 버튼을 눌러 보며 언젠가 피아노를 칠 수 있을까 애태우곤 했다. 그 피아노를 드디어 열 살 때 배우기 시작했다. ○○상회 둘째 딸이 나의 첫 피아노 선생님이었다. 그 시절 나는 피아노를 배우러 가기보다 피아노를 만지고 보기 위해 갔던 것 같다. 그냥 피아노 앞에 앉아만 있어도 행복했다.

　가난한 우리 집 살림에 레슨비 낼 날은 왜 그리 빨리 다가오던지. 부모님께 월말고사 통지표를 드리면서 피아노 레슨비를 받아내곤 했는데 그러기 위해서는 성적이 좋아야 했다. 피아노를 배우는 것이 우리 집 현실과 너무 맞지 않다고 여겨서 그랬는지 아빠는 늘 못마땅하게 생각하셨다. 그래서 엄마에게만 성적표 보여주고 아빠 몰래 레슨비 5,000원을 타가곤 했다. 그런 날에는 행여 누가 튀어나와 못 가게 막을까 봐 선생님한테 막 달려가곤 했다. 그때의 쿵쿵거리며 뛰던 심장 소리가 아직도 기억에 생생하다.

　피아노를 향한 끝없는 설렘과 좀 더 잘 배우고 싶은 열망은 내 안에서 점점 자라고 있었지만, 우리 집안에서는 공부를 잘해야만 인정받을 것 같은 생각이 강했기에 피아노를 향한 소망을 꾹꾹 누르며 사춘기를 보냈다. 그런데 몸은 생각과 달리 엉뚱한 반응을 보였던 것이다.

이처럼 피아노는 나도 모르게 내 인생의 큰 목적으로 자리 잡아 갔지만, 당시에는 나를 포함해 어느 누구도 그것을 알아채지 못했다. 부모님의 말씀이 삶의 목표가 되고 가이드가 되었던 시간들. 나는 어디로 가야 할지 제대로 생각해 보지도 않은 채 무작정 달려가고 있었다. 그렇게 일반 대학교를 졸업하고서야 겨우 깨달았다. 내가 얼마나 피아노를 사랑하고 있었는지. 결국 나는 다시 음대에 들어갔다. 피아노는 그때부터 내 인생의 중요한 파트너가 되었다.

자신이 원하는 걸 하지 못한다는 건 이처럼 큰 아픔이다. 나도 그렇게 갈등하고 심하게 아팠으면서 왜 까마득하게 잊고 내 자식은 다를 거라 생각했던 것일까.

마침내
타악기의 세계로!

승민이를 일부러 오케스트라가 있는 중학교에 보낸 것도 그래서였다. 오케스트라 활동이 반항적이고 삐딱한 사춘기 소년의 에너지를 분출할 수 있는 시간이 될 것으로 믿었기 때문이다. 그 학교에는 현악기로만 이루어진 오케스트라가 있었는데, 승민이는 바이올린을 하게 되었다. 오케스트라에 합류하니까 아이가 너무 좋아했다. 바이올린 실력이 썩 좋은 편은 아니었던지 오케스트라에서는 바이올린의 서드3rd 파트를 맡았다.

하지만 승민이는 서드 파트만 하지 않고 다른 파트도 외워서 연습을 했다. 집에 와서는 퍼스트1st 파트를 연습하고 오케스트라에서는 서드를 연주하는 식이다. 누가 억지로 시킨 것도 아닌데 음악에

승민이는 중2 때부터 본격적으로 타악기 공부를 하기 시작했다. 그 무렵 학교에서도 오케스트라에 그동안 없었던 팀파니를 장만했다. 승민이가 드디어 팀파니를 만나게 된 것이다..

서만큼은 아이의 자발성이 작동하고 있었다.

아무래도 아이의 진로를 찾아 본격적으로 나서야 할 것 같았다. 먼저 타악기 상담을 위해 선생님을 소개받고 레슨실 한 곳을 찾아갔다. 놀라운 건 1주일에 레슨비 100만 원과 함께 연습실 비용을 따로 요구하면서 예고 입시 합격을 약속하는 것이었다. 아이 연주를 들어 보지도 않았으면서. 비용에 놀라 도망치듯 그곳을 빠져나오면서 어떻게 실력을 테스트해 보지도 않고 예고 입학을 약속하는 건지 도무지 이해할 수가 없었다.

이런저런 과정을 거쳐 수소문 끝에 교향악단에 몸담고 있는 타악기 연주자 선생님을 만나게 되었다. 그 선생님은 승민이 연주를 들더니 이 아이는 거의 80퍼센트가 되어 있다고 했다. 열심히 노력해야 80퍼센트가 되는 사람이 있는데, 이미 승민이는 자신의 재능으로 80퍼센트를 이루었다는 것이다. 그러나 계속하지 않으면 노력으로 90퍼센트까지 올라가는 사람보다 더 떨어질 수 있다는 충고를 해주었다.

그 이야기를 듣고 나서 승민이는 중2 때부터 본격적으로 타악기 공부를 하기 시작했다. 그 무렵 학교에서도 오케스트라에 그동안 없었던 팀파니를 장만했다. 현악 오케스트라를 타악기와 관악기까지 넣은 큰 오케스트라로 바꾼 것이다. 드디어 승민이가 오케스트라에서 팀파니를 만나게 된 것이다. 팀파니와의 첫 만남이었다.

타악기는 통상적으로 팀파니, 스네어, 마림바 이 세 가지를 대표 악기로 꼽는다. 곡마다 수십 가지 타악기가 연주되지만, 입시도 그렇고 모든 오디션에서 보통 이 세 가지 악기를 연주하기 때문일 것이다.

승민이가 다니기 시작한 연습실은 방으로 구분되어 있지 않고 여러 악기가 한꺼번에 놓여 있는 홀이었다. 이곳에서 연습도 하고 레슨을 받았는데, 여러 사람이 동시에 연주하다 보니 충분한 연습을 할 수 없었다. 나이도 가장 어리다 보니 선배들의 눈치를 보는 날도 많았던 것 같다. 게다가 학교 수업이 끝나자마자 곧장 연습실로 갔으나 선생님이 언제 와서 가르쳐 줄지는 아무도 모르는 상황이었다. 시간이 되는 날에 선생님이 오셔서 레슨을 해주는 식이었다.

왜 요일과 시간을 정해 놓고 레슨을 해주지 않는 건지, 그동안 참고 기다렸던 승민이의 불만이 슬슬 터져 나오기 시작했다. 그때만 해도 나는 그저 매일 밤 11시까지 음악 공부를 잘 하고 있겠거니 생각하고만 있었다. 명색이 음악 선생이었던 나도 그 내막을 알기 어려웠다. 다른 모든 부모와 마찬가지로……

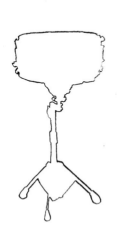

아이의
폭탄선언

중2 때부터는 예고 입시 준비를 시작해야 했지만, 나는 입시 준비보다는 아이가 기초부터 차근차근 배워 나가길 원했다. 하지만 현실은 달랐다. 입시 필수 연주 악기인 마림바는 단계적인 교육보다는 입시곡 위주로 연습을 하게 되어 있었다. 피아노로 말하자면 초급 곡도 안 했는데 베토벤 곡을 연주하는 꼴이었다.

더욱이 스네어를 제외한 마림바와 팀파니는 입시가 가까워지고 있었음에도 제대로 배울 기회조차 없었다. 불안한 마음에 선생님에게 개인 연습을 위해 마림바를 따로 구입하겠다고 제안해 보기도 하고, 정해진 요일과 시간에 레슨을 받을 수 있도록 해달라고 간청도 했지만 무슨 이유에서인지 둘 다 받아들여지지 않았다. 무조건

참으라고만 하면서 나와 마주칠 때마다 "애가 너무 잘하고 있다"며 "걱정 말라"고만 하셨다. 다행히 승민이는 마림바를 본격적으로 배우지 않았음에도 용케 잘 따라하는 것 같았다.

그러나 이것 못지않은 또 다른 문제가 있었다. 그곳에서 같이 공부하는 연습생들과의 불화였다. 처음에 승민이는 그런 사실을 전혀 말하지 않았다. 시간이 지날수록 아이의 연습량이 늘어나는 게 아니라, 함께 연습실을 이용하고 있는 형·누나들과의 갈등만 더 깊어지고 있다는 것을 나는 눈치채지 못했다.

7~8명의 연습생들이 선생님을 기다리며 각자 마림바를 연습하는 과정에서 이런저런 감정의 충돌이 있었던 것 같다. 형·누나들이 자기보다 어린 아이가 악기를 제법 잘 다루니까 오가며 뭐라고 한마디씩 했던 듯하다. 나이도 어린 게 덩치는 큰 데다 상냥하고 고분고분하지 않으니 선배들에게 밉보였던 것일까.

하루는 아이가 핸드폰을 침대에 던지며 소리를 질렀다.

"엄마, 이 문자 좀 읽어 봐! 도대체 이 이상 더 어떻게 존댓말을 쓰라는 거야!!"

한 살 많은 누나가 존댓말을 안

궤도 밖에도 **길은 있다**

쓴다고 자기에게 막 야단을 쳤다는 것이다. 그 일만을 봐서는 어이가 없었지만 그전에 다른 스토리가 있겠지 하면서 그냥 흘려 넘겼다. 오히려 '승민이가 너무 버르장머리 없이 구는 건 아닐까? 내가 모르는 무슨 약점을 잡힌 건 아닐까?' 생각하면서 선생님을 믿고 애들 생활에 너무 간섭하지 말아야겠다는 다짐만 하였다.

선생님을 전적으로 믿고 있었던 나는 승민이가 투정을 부릴 때마다 적응 잘할 수 있도록 더 노력하라며 모든 책임을 아이에게 떠넘겼다.

그러던 어느 날, 승민이가 심각한 얼굴로 나에게 와서는 사람들이 왕따당하면 자살하는 이유를 알겠다고 하는 것이 아닌가. 그냥 하는 이야기가 아니었다. 그동안 같이 공부하던 연습생들에게 엄청난 왕따를 당하고 있었던 것일까? 그제서야 가슴이 덜컥 내려앉아 이것저것 캐묻기 시작했다.

곰팡이 냄새 나는 지하 연습실에서 긴 시간을 보내던 승민이는 형 누나들과의 사이가 점점 벌어지고 있었다. 그런 사정을 눈치챘을 법한 선생님도 전혀 중재를 하지 않았다. 선생님에게 "제가 다른 선생님한테 레슨비 내고 연습하면 어떻겠느냐"고 제안까지 했지만 그 역시 받아들여지지 않았다. 입시가 다가오는데도 시험 과목인 팀파니 레슨조차 제대로 받아 본 적이 없었다. 알 수 없는 의문이 점점 늘어나고, 같이 연습하던 형 누나들과의 관계도 악화일로를 걸고 있었다.

훗날 승민이 얘기로는 팀파니는 쉬우니까 나중에 해도 된다고 했단다. 그렇게 배우기 쉬운 악기가 아니라는 걸 뼛속 깊이 알게 된 지금, 생각하면 할수록 놀라운 일이다.

결국 하루하루 지쳐 가던 아이는 예고 입시를 두 달 남기고 연습실을 가지 않겠다는 폭탄선언을 했다. 나도 이런 식의 교육이 싫었다. 어쩌면 이분이 승민의 진정한 스승이 아닐지도 모른다고 고민하던 차였는데 아이가 먼저 나가떨어진 것이다.

처음에는 아이를 구슬리기도 하고, "선생님하고 이렇게 헤어지면 네가 목표로 하고 있는 예고 못 갈 거야"라고 겁을 주기도 했다. 승민이는 그래도 괜찮다고 했다. 두려웠지만 사실 나도 승민이와 의견이 같았다.

궤도 밖에도 길은 있다

왜 그렇게까지
상처를 받았을까

이제 선생님과 헤어지는 일만 남았다. 선생님을 만나 입시가 두 달도 채 남지 않았지만 그만둬야 할 것 같다고 말했다. 선생님은 극구 만류했다. 조금만 더 하면 되는데 왜 그만두느냐는 것이었다. 그날 결국 선생님의 설득에 결정을 못하고 집으로 돌아왔다. 고민에 고민을 거듭했다. 승민이가 제대로 된 음악가로 성장하기에는 환경이 너무 애매모호했고, 레슨도 일정하지 않았으며, 서로 이해하고 배려해 주지 않는 분위기 때문에 마음이 몹시 무거웠다.

우리나라에서 손꼽히는 대학 출신의 음악인들을 찾아다니며 자문을 구했다. 사정을 설명하며 상담을 했는데 모두 한결같이 참으라고 했다. 선생님을 바꾸면 두고두고 구설수에 오르고 결국 대학 입학도 힘들어질 거라면서. 스펙과 관계가 우리나라에서는 그렇게나 중요하다. 그럼에도 여기서 그만 접기로 마음을 굳혔다. 선생님에게 문자를 보냈다. 얼굴을 마주 보고서는 도저히 의견이 받아들여질 것 같지 않아서였다.

"여기서 그만둬야 하겠습니다. 그동안 사랑에 감사드리고 지금은 제가 이렇게 인사드리지만 승민이가 성인이 되면 다시 찾아뵙고 인사드릴 날이 올 거라 믿습니다. 안녕히 계세요."

지금도 많은 사람들이 조언을 한다. 그렇게 하면 한국에서는 매장된다고. 협박처럼 들리기도 한다. 선생님에게 복종하지 않는 아이는 누구도 좋아하지 않는다고 여기는 것 같다.

그러나 아이의 인생이다. 내가 그것까지 고려해 가며 아이 인생을 내 마음대로 디자인하고 싶지는 않았다. 아이에겐 참을 수 없는 아픔이었으므로 하루빨리 결정하는 게 상수였다. 지금도 아이는 연습실이 있었던 곳을 지나칠 때면 그쪽으로는 고개를 돌리기도 싫어한다. 왜 그렇게까지 상처를 받았을까.

물론 승민이에게도 문제가 많았을 것이다. 사춘기 한창 나이였으니 문제가 없었을 리 없다. 서로 입장도 다르고 관점이 다르니까 승민이 얘기가 백 프로 맞다고도 생각하지 않는다. 에너지 넘치고, 나서기 좋아하고, 음악으로 진로를 정한 뒤에도 말을 툭툭 내뱉는 습관은 쉽게 나아지지 않았으니 누나나 형들이 좋게 보지 않았을 것이다.

하지만 중학생이었던 승민이 눈에 비쳤던 선배와 어른들에게는 아쉬움이 많이 남는다. 음악이 너무 하고 싶어서 힘들게 연습실을 다닌 건데 음악적으로 도무지 신명을 낼 수 없는 환경이었으니까.

고마운
선생님

다행히 승민이는 중학교 3학년에 올라가 평생 잊지 못할 선생님을 만났다. 승민이 반 담임을 맡은 그 선생님은 첫날 앞으로 절대 성적으로 혼내거나 미워하지 않는다, 단 예의 없고 이기적인 사람은 아주 엄하게 혼낼 거라고 선언했단다. 그리고 1년 내내 정말 그 약속을 지키셨다. 성적으로 아이들을 평가하지 않고 용기를 주면서 올바른 삶의 자세와 인성을 가르쳤다.

지금도 승민이는 한국에 오면 맨 먼저 그 선생님을 찾아간다. 선생님은 그동안의 아이 성장을 반기며 함께 기쁨을 나누신다. 학생들을 한 인격체로 존중하고 인정하는 스승이 아이를 어떻게 변화시킬 수 있는지 승민이 경우를 보면서 너무나 뚜렷이 관찰할 수 있었다.

부모는 스승이 될 수 있을까? 나도 승민이를 다른 선생님의 도움 없이 가르쳐 보려고 무던히 애를 썼다. 아침에 반찬 투정부터 시작해 내 성질을 건드리는 아이를, 늑장부리다 학교에 늦은 아이를 감정적이지 않게 선생님의 자세로 가르친다는 건 너무도 어려웠다. 아침에 투정 부린 일을 한 번 더 혼내고 다시는 그러지 못하도록 해야 할 것 같아서 이야기를 시작하다 보면 아이도 마음이 상하고 나도 마음이 상해 정작 본론에는 들어가지도 못하고 그날은 그냥 꽝! 늘 그랬다.

엄마는 공과 사를 과연 잘 구분할 수 있을까? 물론 냉정하고 엄청난 자기조절 능력이 있는 사람이라면 가능하겠지만 내 경우를 보자면 결코 쉽지 않은 일이다. 무엇보다 아이를 잘 훈육시켜야 한다고 생각이 앞서 더 불가능했던 것 같다.

그럴 때마다 '아, 이래서 선생님이란 존재가 꼭 필요한 거구나!'라고 혼자 되뇌곤 했다. 나 역시 다른 아이들의 선생님이지만 우리 아이에게는 다른 선생님이 필요한 것 같다면서.

"나가!"라고 들렸던
종소리

승민이를 지도해 줄 선생님을 새로 찾기 시작했다. 팀파니는 두 달도 채 연습하지 못하고 입시를 봐야 할 상황이었다. 속이 까맣게 타들어갔다. 이리저리 수소문하고 다니다가 다행히 주변 사람들의 도움으로 선생님 한 분과 겨우 연결되었다.

새로 만난 김 선생님은 독일에서 공부하고 오신 분이었는데 시원시원한 성정에 모든 것이 투명하고 솔직했다. 승민이는 예전 선생님이 심사위원으로 나올 거라는 소문 때문에 처음 목표했던 예고를 포기하고 다른 예고를 준비하려고 했다.

그러나 김 선생님은 처음 목표한 대로 시험을 치르라고 권유했다. 그리고 "귀가 있는 사람이라면 승민이가 안 될 수 없다"며 용기를 북돋아 주었다.

마침내 예고 입시 날이 다가왔다. 승민이는 세 곡을 준비해 갔다. 시험은 스네어, 마림바, 팀파니 순으로 진행되었다. 수험생과 심사 위원들 사이에는 가림막이 쳐져 있었다. 시험의 공정성을 담보하기 위한 장치인 셈이다.

드디어 승민이 차례가 되었다. 그런데 시험장에 들어갔을 때 예전 선생님의 목소리가 승민이 귀에 또렷이 들렸다고 한다. 그리고 스네어와 마림바를 연주한 다음 팀파니를 두 마디 정도 했을 때 갑자기 '땡!' 하고 종이 울리더란다. 승민의 표현에 따르면 그 종소리가 마치 '너 나가!'라는 소리처럼 들렸다고 한다. 스네어도 마림바도 아주 짧게 들었지만 팀파니는 겨우 두 마디밖에 연주하지 않았을 때인데 종이 울린 것이다.

예상대로 입시에서 떨어졌다.

'괘씸죄로 떨어지지는 않았을 거야. 뭔가 실수를 했겠지. 사사로운 감정으로 수험생의 당락을 결정하진 않을 거야…'

나는 마치 혼이 나간 사람처럼 중얼거렸다. 그러나 생각하면 할수록 '그런 것 같아'라는 메아리가 환청처럼 들려왔다.

2
이런 게 기적일까?

이런 게
기적일까?

예고 입시에서 떨어진 후 승민이가 받은 충격은 매우 컸다. 음악 세계에 드리워진 어두운 그림자를 너무 일찍 본 것일까. 어떤 말도 아이에게 위로가 되지 않았다. 스스로 이겨내야만 했다. 가끔 한숨을 내쉬며 '왜 연주를 들어 보지도 않고 결정했던 거지?'라고 혼자 중얼거리곤 했다.

희망의 불빛이 좀체 보이지 않았다. 무거운 절망만이 도도하게 흐르는 강 앞에 나도, 아이도 넋 놓고 서 있었다. 나는 승민이가 정말 재능이 있고 가능성이 있는지 알고 싶었다. 이제 겨우 마음을 모아 음악의 길로 들어선 아이가 낙방의 상처로 아파하고 있었지만, 나 역시 이 아이를 어떻게 다시 용기 북돋아 어디를 향해 나아가게 할지 막연한 상태였다.

그런데 인연이란 게 참 묘했다. 내가 운영하는 피아노 학원에 3년째 방학이면 피아노 연습하러 오는 오스트리아 유학생이 한 명 있었다. 승민이가 예고에 떨어지고 난 후 그 유학생에게 우연히 승민이 이야기를 하게 되었다.

그 유학생은 얘기를 듣고 나더니 자기가 다니는 빈Wien 국립음악대학에 새로 온 요세프 굼핑어Josep Gumpinger 타악기 교수에 대한 평이 매우 좋으니 그분에게 한번 가보면 어떻겠느냐고 권했다.

'그래, 한번 해보자!' 싶어 홈페이지를 찾아보니 독일어로 써 있어 도통 알 수가 없었다. 할 수 없이 그 유학생에게 굼핑어 교수의 메일 주소를 알아봐 달라고 부탁했다.

오스트리아 빈이 수많은 클래식 대연주가들이 태어나고 활동한 '음악의 성지'라 불리는 것 정도만 알고 있는 우리는 그 유학생의 이야기를 들은 뒤 지도에서 찾아보며 꿈과 희망을 조금씩 싹틔워 나갔다.

승민이와 나는 머리를 맞대고 굼핑어 교수에게 보낼 메일을 영어로 썼다. 내 영어 실력은 한국식 영어 교육을 받은 게 전부였고, 승민이는 초등학교 아이가 알아듣고 말하는 정도의 영어 실력이었다. 우리 둘은 고치고, 또 고치고 다른 사람들에게 물어 가면서 어설픈 편지를 겨우 완성했다.

Hello,

It is my honor to write to you. My name is SeungMin LEE. I am a 15-years-old student in Korea. It is the first time for me to write such a letter, even if I can't speak English well, I will try my best.

I have been learning percussion about 1 and half years. It's not long time. But I have a dream to be one of the best percussionists in the world, sometime in my future. Because Europe is the hometown of classical music, I am attracted to there and I am now planning to study there.

After asking and searching all around, I finally found you are the great teacher in Vienna. I think studying in Europe is a very big adventure for me and it will be very hard, but I love music and studying in vienna is my first and last hope, so I am going to try it out.

This winter (22nd of December to 15th of January) me and my family are planning to visit Vienna and a country aroud there. So If you have time, I sincerely hope to meet you. If I could play a "Vorspiel" for you, it would be the first step to my big dream.

I am practicing now Koppel concerto 1st movement for marimba, Cirone number 13 for snare drum and John beck 3rd movement for timpani. Please let me know if you could arrange the short time for me. I really want to meet you and I will be waiting your reply desperately.

Best wishes,
Min Lee

안녕하세요! 편지를 쓰게 되어 영광입니다. 제 이름은 이승민입니다. 한국에 사는 열다섯 살 학생입니다. 이런 편지를 처음 씁니다. 비록 영어를 잘하지는 못하지만 최선을 다해 쓰겠습니다.

저는 1년 반 동안 타악기를 배웠습니다. 오래된 것은 아닙니다. 그러나 언젠가는 세계 최고의 타악기 연주자가 되겠다는 꿈을 갖고 있습니다. 클래식 음악의 고향인 유럽이 좋아서 그곳에 가서 공부할 계획을 가지고 있습니다.

여기저기 묻고 알아본 끝에 빈에 위대한 선생님이 계시다는 것을 알게 되었습니다. 유럽에서 공부하는 것이 저로서는 매우 큰 모험이라고 생각합니다. 그것은 매우 어려울 것입니다. 그러나 저는 음악을 사랑하며, 빈에서 공부하는 것이 나의 첫 번째이며 마지막 희망입니다. 그래서 시도해 보려고 합니다.

이번 겨울(12. 22~1. 15) 우리 가족은 빈과 이웃 나라를 방문할 계획입니다. 선생님께서 시간이 된다면 진심으로 만나고 싶습니다. 선생님 앞에서 포쉬필을 연주할 수 있다면 큰 꿈을 위한 첫걸음이 될 것입니다.

Koppel의 마림바 협주곡 1번, Cirone의 스네어드럼 에튀드(연습곡) 13번, John Beck 팀파니 소나타 3악장을 연습하고 있습니다. 짧은 시간이라도 내주실 수 있다면 알려주세요. 선생님을 진심으로 만나고 싶습니다. 답장이 오기를 간절히 기다리겠습니다.

이승민 드림

그런데 이게 웬일인가! 미팅 날짜와 함께 빈 국립음대 타악기 건물 몇 호실로 오라는 답장이 덜컥 온 것이다. 게다가 그곳에 한 명 있다는 한국 학생 H군의 번호를 알려주며 다른 것들도 문의해 보라는 친절한 안내까지 해준 것이 아닌가. 사람들이 말하는 기적이란 게 바로 이런 거구나 싶었다.

궤도 밖에도 **길은 있다**

지푸라기라도 잡는
심정으로

그때의 심정은 강물에 떠내려가다가 지푸라기라도 잡은 것 같았
다. 아직 오스트리아로 음악 유학을 보내야겠다고 결심을 한 것은
아니었다. 그저 내가 알고 싶었던 것은 과연 이 모든 어려움과 갈
등을 감수하면서도 음악을 전공할 만큼의 재능이 우리 아이에게
있느냐는 점이었다.

무엇보다 전문가로부터 객관적 평가를 받고 싶다는 욕심이 제
일 컸다. 한국에서는 아무리 물어 봐도 진실을 말해주지 않았다. 선
생님들은 항상 "레슨을 할 거냐?"라고만 먼저 물어 보았다. 그런
데 내가 엄마로서 궁금했던 건 '정말 재능이 있느냐'는 객관적인
평가였다. 그런 연후라야 아이가 자기 진로를 더욱 신중하게 선택

가족 여행을 빙자해서 빈 국립음대 교수를 만나기 위해 오스트리아로 간 우리 네 식구.
뒤에 보이는 건물은 매년 1월 1일 신년 음악회로 유명한 뮤직페라인이다.

할 수 있지 않을까.

큰애와 작은애는 네 살 차이였다. 진로 고민을 먼저 했고 자기 형편에 맞는 곳으로 찾아갈 때까지 그 아이도 쉽지는 않았다. 그런 형의 방학 기간에 다 같이 가족 여행을 빙자해서 오스트리아 빈으로 가서 빈 국립음대 교수를 한 번 만나 보기로 했다. 그래야 작은 아이도 엉겁결에 떠나는 마음의 짐이 한결 덜어질 것 같았다. 바쁜 남편도 없는 시간을 쪼개 아이와 함께하기로 했다.

우리는 빈에서 피아노를 전공하며 굼펑어 교수의 메일 주소를 알려주었던 유학생의 집을 몇 주간 빌리기로 했다. 마침 방학이라 그녀는 한국에 와 있었다. 그녀에게 집 열쇠를 받아들고 비행기를 탔다. 온 가족이 유럽에서 잠깐이나마 같이 여행하는 시간을 가진 후에 승민과 나는 그곳에 남아 교수를 만나고 올 작정이었다.

12월 20일 오스트리아 빈에 마침내 도착했다. 크리스마스 쇼핑 특수 때문에 온 도시가 휘황찬란하고 흥청거리더니 24일이 되자 거짓말같이 적막과 고요가 찾아왔다. 막상 25일에는 길거리에 사람이 한 명도 없었다. 한국의 성탄절과는 달라도 너무 달라 당황스러웠다. 유럽의 겨울은 너무나도 스산하고 쓸쓸했다.

빈 국립음대의
믿기지 않는 테스트

말이 좋아 유럽 가족여행이었지 주목적이 다른 데 있었기에 마음
편하게 놀 궁리는 하나도 못하고 떠나온 상태였다. 집을 빌려주기
로 한 유학생의 집 열쇠와 주소만 들고 공항에 내렸다. 빈 공항에
서 그 집까지는 택시로 30분쯤 걸렸다.

오기 전에 문 여는 방법 등을 배워 왔지만, 우리와 층수 세는 법
도 다르고 현관 여는 법도 특이해서 집 안으로까지 들어가는 데까
지 무척이나 애를 먹었다. 엘리베이터를 타니 층수가 'E, 1, 2, 3…'
이라고 표기되어 있었다. E는 굳이 번역을 하면 '땅층'이란 말로,
출입문과 엘리베이터만 있는 층이다. 그 위가 1층이라는 얘긴데 우
리 생각으로는 그게 2층이라서 너무 헷갈렸다.

우여곡절 끝에 집 안으로 들어서니 '이젠 살았다'는 생각까지 들 정도였다. 그나마 한국 학생이 살고 있는 집이라 전기밥솥도 있고 라면도 있어 얼마나 좋았던지…. 쌀을 어떻게 사는지 오기 전에 배우긴 했지만 자신이 없었다. 오스트리아 빈은 모든 게 낯설었다.

다음 날, 워킹투어에 미리 예약해서 약속한 가이드가 집 앞으로 왔다. 유학생 때 아르바이트로 가이드를 하다가 결혼한 후 그만둔 사람인데, 한 가족이 씨티 투어를 요청한다니까 특별히 온 사람이었다. 같이 다니며 어떻게 지하철을 타고 버스 타는지, 또 어디 가면 무엇을 살 수 있는지를 일일이 배웠다. 3주가량 그곳에 머물러야 했기 때문에 그곳에서 별탈없이 생활할 수 있는 소소한 생활 정보가 무엇보다 필요한 상태였다.

빈에 온 첫날은 추워서 잠을 거의 못 잤다. 싱글 침대가 두 개밖에 없는 데다 바닥은 난방이 안 되어 밤새 덜덜 떨어야 했다. 베개도 부족해 잠을 제대로 잘 수가 없었다.

다음 날 가이드가 오자마자 곧바로 상점에 가서 매트를 샀다. 차도 없으니 밴 택시를 불러서 3단 접이식 매트를 겨우 운반해 왔다. 그렇게 일주일을 넷이 지내다가 남편과 큰아들은 먼저 한국으로 돌아갔다.

이제 승민이와 나만 덩그마니 외롭고 추운 도시에 남았다. 굼펑어 교수를 만나기로 한 날은 다음 해 1월 5일이었다. 교수에게 소개밭은 학생도 연말 연주가 많아서 만나기가 힘들었다. 상점들은 거의 문을 닫았고, 연습할 곳도 마땅치 않았다. 문을 연 음식점도 없어 맥도날드에서 햄버거만 사먹다시피 했다. 언어도 안 통하고 분위기도 낯선 곳에서 마음을 졸이며 거의 집 안에 있었다. 겨울의 낭만은 저리가고 아이와 둘이 벌벌 떨며 긴장 속에 1월 5일이 오기만을 기다렸다.

교수 앞에서 연주를 하는 포쉬필Vorspiel은 보통 입학시험 한 달 전쯤 하는 것이 일반적이다. 입시 준비를 모두 한 다음 '교수한테 한번 들어 주세요' 하는 절차인 셈이다. 우린 메일을 따로 보내 허락을 받았기에 입학시험과 상관없는 시기에 포쉬필을 받게 된 것이다. 하지만 연습할 만한 곳을 찾지 못한 승민이는 기껏 집 안에서 매트리스를 두드리며 박자를 맞출 수밖에 없었다.

드디어 약속한 날짜가 되었다. 승민이는 약속 시간보다 좀 일찍 학교로 가서 복도에서 연습을 하고 있었다. 그런데 그때 지나가던 어떤 남자가 승민에게 와서 이런저런 코치를 해주었다. 거의 30분가량을 승민이와 영어로 신명나게 주거니 받거니 하며 지도를 해주는 것이었다. 무엇에 홀린 것처럼 서로 교감이 이루어지는 것 같았다. 나는 승민이가 그렇게 영어를 잘 알아듣고 말하는지 처음 알았다.

연습할 곳이 마땅치 않아 베란다에 나와 연습하고 있는 승민이.

나는 '저 사람이 누구지? 우리 애를 알지도 못하는데…'라고 생각하며 두 사람을 지켜보기만 했다. 나중에 알고 보니 그는 그 대학의 조교인 다비드 판츨David C. Panzl이었다.

다비드는 빈 국립음대 출신의 뛰어난 타악기 솔리스트였다. 오스트리아는 우리나라와 달리 조교가 수업도 하고 성적도 준다는데, 이 사람이 승민에게 강한 인상을 받고 레슨을 해준 것이다. 승민이로서는 평생 잊을 수 없는 고마운 사람을 만난 것이다.

포쉬필을 하러 승민이와 함께 들어가니 좀전에 복도에서 승민이에게 레슨을 해주던 다비드도 그곳에 있었다. 그는 굼펑어 교수와 같이 학생들의 연주를 듣고 교수와 상의도 했다. 당시에는 예고 입시가 끝난 후 승민이가 두 달 동안 악기를 한 번도 만지지 않았을 때였다. 당연히 입시 때보다 연주가 서툴렀을 것이다. 연습도 제대로 되어 있지 않은 아이를 붙들고 굼펑어 교수는 거의 한 시간 동안이나 "이건 이렇게 해볼래?" 하면서 마치 레슨을 하듯 편안하게 여러 가지 연주를 해보게 하였다. 현재의 실력보다는 앞으로의 가능성을 보는 듯했다. 그곳에는 재학생도 네 명 더 있었다.

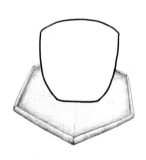

숨이 멎을 듯한 시간이 겨우 지나갔다. 통역하는 H군이 교수의

말을 전했다. "재능이 많은 아이다. 와서 공부해 보면 좋겠다. 와서 시험 볼 준비를 한다면 그전까지 무료로 레슨도 해주겠다."

H군도 놀란 듯 이런 경우는 거의 없으니 꼭 와야 할 것 같다고 귀띔해 주었다.

그 말을 듣는 순간 하늘을 날 것처럼, 아니 어떻게 표현할 수 있는 말이 없을 만큼 기뻤다. 아니, 그 모든 것을 떠나서 유명한 오스트리아 빈 국립음대 교수가 누구인지도 모르는 지구 한구석에서 온 작은 아이의 연주를 한 시간 이상 아무 조건 없이 진지하게 들어 주었다는 사실만으로도 황송하고 감격스러웠다. 레슨비를 내야할 것 같아 이야기를 건네니 돈을 받지 않는다고 했다. 할 수 없이 한국에서 준비해 간 컵받침을 선물로 드리고는 그 자리를 나왔다. 이런 세상이 있다는 것이 도무지 믿기지 않았다.

내친김에
베를린 음악대학까지

빈으로 어떻게 이주를 해야 하나? 교수와 헤어지자마자 걱정이 몰려왔다. 여기에서 몇 달 지내려면 집부터 먼저 구해야 하는데 어떻게 하지? 승민이는 한국에선 이미 낙오자가 되어 버렸으니 이 길만이 해법일지도 모른다는 생각이 들었다.

사실 오기 전에 우리는 이번이 마지막 기회라고 생각해 베를린에 있는 우데카 음악대학 방문 스케줄도 잡아놓았다. 김 선생님에게 정보를 얻어 그곳에서 제일 유명한 타악기 선생님에게 굼펑어 교수에게 보낸 것과 똑같은 메일을 보냈더니 거기서도 와보라는 답장이 왔던 것이다. H군에게 베를린에도 갈 계획이라고 했더니 "이 정도의 최고 제안을 받았는데 베를린에 갈 필요가 있겠나?"며 고개를 갸웃거렸다.

그래도 약속은 약속이었다. 이미 시간이 잡혀 있는 상태였고, 승민이도 마지막까지 최선을 다하고 싶어 했다. 우리는 한 시간 반가량 비행기를 타고 베를린으로 날아갔다.

승민이와 단둘이 춥고 습한 베를린의 겨울 거리를 서로 의지하며 걸었다. 도시 외곽에 자리한 그곳을 찾아가는 우리 마음은 추운 겨울 바람만큼이나 스산하고 을씨년스러웠다. 어떻게 용기를 냈을까 싶을 정도로 그곳에 대해서 아무것도 몰랐다. 막막할 수밖에 없었다. 우선 가이드 해줄 학생을 수소문했다. 클라리넷을 공부하러 온 한국 학생이 도움을 주기로 했다.

우데카 음악대학도 빈 국립음대처럼 레슨 하듯 테스트를 했다. 승민이는 예고 입시에서 겨우 외웠던 곡 세 개를 연주했다. 그런데 솔직히 스네어 외에는 할 줄 아는 게 너무 없었다. 한 곡 말고는 마림바도 팀파니도 거의 연습을 하지 못했으니까. 전혀 준비가 안 되었던 것이다.

그런데도 교수는 진지하게 승민이의 연주를 들어 주었고 장점을 말해 주었다. 그러면서 책 한 권을 소개해 주었다. "앞으로 무얼 하든 이 책이 필요할 것이다"라면서. "우리 학교는 네가 고등학교를 졸업하지 않아서 도움을 줄 시스템이 없다"면서도 "꼭 원한다면 레슨식으로 가르쳐줄 수 있다"고 말했다. 독일은 우리나라처럼

베를린 우데카 음악대학 교수의 테스트를 받으러 간 승민(위). 아래는 브란덴부르크 문 앞.

고등학교를 졸업해야 대학에 진학할 수 있었는데, 정작 우리는 그런 기본적인 사실조차 모르고 무작정 덤볐던 것이다.

그러나 우리는 무식하리만큼 겁 없던 도전에서 정말 많은 위로를 받았다. 아직도 기억에 남는 일은 승민이가 스네어를 연주하기 시작하면 듣고 있던 사람들이, 교수마저도 자세를 고쳐 앉으며 아이를 응시했다는 것이다. 빈 대학의 굼핑어 교수도 그랬고, 베를린 음악대학에서도 마찬가지였다. 그들은 승민이의 스네어 연주 소리가 조금 다르다고 했다. 특별히 자연적인 소리가 난다고 했다.

한 차례 좌절을 겪고 숱한 상처를 안고 갔던 우리에게 그런 말 한마디가 얼마나 눈물 나도록 고맙던지…. 천금보다 더 귀한 보약이었다.

"무턱대고
어딜 가려고?"

마치 구름 위를 걷는 듯한 기분으로 한국에 돌아온 우리는 빈으로 갈 생각에 흥분해 있었다. 5월에 시험을 보라고 했으니 3월쯤 가기로 결정했다. 중학교 졸업 후 고등학교 진학 포기 각서까지 제출했다. 현지에 아는 사람이 없었던 우리는 인터넷 한인 사이트를 뒤졌다. 집을 내놓겠다는 글들을 보고 연락을 해봤지만 조건이 맞지 않아 출발 2주 전까지도 집을 못 구하고 있었다.

그때 빈에서 10년 넘게 공부하고 빈에서 학생들을 가르친 정 선생님이라는 분이 한국에 왔다는 소식을 듣게 되었다. 어렵사리 수소문해서 그분을 만났다.

그분에게 지금까지 있었던 승민이 이야기를 들려주고는 집을 얻는 데 도움을 줄 수 있겠냐고 부탁했다. 그는 내 이야기를 다 듣고 나더니 아주 걱정스러운 표정으로 분명 통역에 문제가 있었을 것이라며, 빈 국립음대가 어디라고 그렇게 무턱대고 가려고 하느냐며 만류했다. 그분 말씀으로는, 그렇게 가면 앞으로 몇 년을 막연히 기다려야 할지도 모른다, 입학 대기 중인 학생이 얼마나 많은데 뭘 믿고 고등학교를 포기하고 가느냐고 혀를 찼다.

엄청난 충격으로 말문이 막히고 정신까지 혼미해졌다. '분명히 오라고 했는데…' 믿기지 않았다. 그분은 "포쉬필 하고 나서 누구나 인사치레로 할 수 있는 정도의 말을 진심으로 믿고 덜컥 가는 사람이 어디 있느냐"며 딱하다는 표정이었다. 눈앞에 암막 커튼이 내려오는 것만 같았다.

선생님은 빈에서 연습도 못 하고 힘들게 지냈던 자신의 지난날들을 얘기해 주었다. 지금 가봐야 연습실 구하는 것부터 큰 문제라고 했다. 빈에서 고생할 우리가 정말 안타깝고 걱정이 되는 것 같았다. 그곳에서 방금 돌아온 분의 이야기니 반박할 수도 없었다. 만약 그게 사실이라면 어떻게 해야 하나. 온몸이 뻣뻣하게 굳어 와 움직이기도 어려웠다. 그 선생님이 먼저 자리에서 일어난 뒤 승민이와 나는 커피숍에서 한동안 서로 아무 말도 못 하고 멍하니 앉아 있었다. 충격에서 좀처럼 헤어 나오기가 어려웠다.

고등학교 입학 포기 각서에 사인을 하고, 비행기표를 책상 앞에

두고 짐을 싸고 있던 중이었다. 친구들의 엄청난 환송 파티와 작별 인사로 우리 집의 개미조차 이 집 아이가 곧 오스트리아 빈으로 떠나게 된다는 것을 알아챌 정도였다. 난 아들 몰래 소리 내어 울었다. 아, 이제 어떻게 해야 하나?

비행기표 취소하고
짐도 풀고

지난 겨울 빈에서 지냈던 순간들을 계속 떠올렸다. 다시 확인하고 싶었다. 내가 듣고 싶은 대로 들은 건가! 머릿속은 온통 뒤죽박죽이었다. 낯선 길, 낯선 사람들 사이를 지나 대학의 레슨실 한편에서 열다섯 살 아이는 자신을 있는 그대로 보여줬고, 그들 또한 있는 그대로를 봐줬다고 기뻐했는데 그게 나만의 착각이었단 말인가.

하는 수 없이 다음 날 비행기표를 취소하고 굼핑어 교수에게 메일을 보냈다. 불가피한 개인 사정으로 갈 수 없다고. 그때 우리는 완전히 겁을 먹고 있었다.

아니, 엄밀히 말하면 내가 겁을 먹었다. 낯선 곳에서 아이와 단둘이 전혀 희망 없는 일을 해야 하는 건가. 도저히 갈 데가 아닌가

보다. 학교 입학이 하늘의 별 따기인가 보다. 그래, 그렇게 굉장한 학교에서 우리한테 쉽게 오라고 하진 않겠지. 통역하는 사람이 순간 잘못 듣고 전달한 걸 거야!

예고에 떨어졌을 때보다 충격이 더 컸다. 막막했다. 일반 고등학교마저 못 가게 될까 봐 걱정이 되었다. 당장 그날 저녁 중학교 담임선생님한테 전화해서 고등학교 가려면 어떻게 해야 하느냐고 물었다. 다음 날 부랴부랴 고등학교 입학을 부활시키는 서류를 접수하고 등록금을 냈다. 다행히 그날이 등록 마감일이었다.

승민이는 아마 나보다 몇 배는 더 힘들었을 것이다. 몇몇 분들은 차라리 고등학교 생활을 해보고 가는 게 더 좋을 거라며 위로해 주었다. 만감이 교차하는 상황에서 승민이는 고등학교에 입학했다.

그런데 뜻밖에도 고등학교 생활을 너무 즐거워했다. 주위 사람들에게는 좀 더 준비해서 가기로 했다고 당당하게 말하는 승민이를 보면서 나보다 절망을 건강하게 이기는 힘이 더 강하다고 생각했다. 그때 난 기죽어 있었고, 당당하지 못했으니까.

이제 와서 생각해 보면 일이 틀어졌을 때도 그게 꼭 잘못된 길은 아니었다. 그런 경험마저 나중의 선택에 좋은 결정을 내릴 수 있도록 밑거름이 되었으니까. 승민이도 한국에서 고등학교를 다녀 보길 정말 잘했다는 생각이 든다고 했다. 그렇지 않았더라면 얼마나 두고두고 못 가본 길에 대한 아쉬움이 남았을까.

시험이라도
보자

그러는 와중에도 물거품이 되어 버린 빈 국립음대에 대한 미련은 계속 남아 있었다. 그제야 한 가지 의문이 조금씩 고개를 들었다. '그분은 왜 아이의 음악을 한 번도 들어 보지 않은 상태에서 그런 충고를 하신 것일까.' 그 선생님이 승민이의 연주를 전혀 듣지 않은 상태에서 한 이야기라는 사실이 나를 일으켜 세웠다. 이분 또한 굼펑어 교수의 이야기를 같이 듣지 않았으니 정확한 상황을 모르는 건데, 왜 그 이야기에 흔들려서 결정을 바꿨을까 하는 물음이 생겼다.

매일 꼬리를 물고 이어지는 의문에 괴로워하는 나를 보고 김 선생님이 "그럼 여기서라도 준비해서 한번 시험을 보러 가면 안 되겠느냐"고 제안했다. 남편도 3월부터 빈으로 가서 레슨을 받지 말고, 어떤 식으로 시험을 보나 경험도 해볼 겸 가벼운 마음으로 5월 시험 날짜에 맞춰 다녀오는 것이 좋겠다고 용기를 주었다. 김 선생님과 남편의 응원에 힘이 났다.

무턱대고 빈으로 가지 말라고 우리를 주저앉혔던 정 선생님에게 전화를 걸어 도움을 청했다.

"저희가 5월 입시 원서를 쓰려고 합니다. 홈페이지에서 입학 원서 형식을 찾기 어려운데 어떻게 하는 건지 모르겠어요."

그러자, 그분이 황당하다는 듯 "진짜 가시게요?"라고 물었다. 이번에는 차분하게 "네, 한번 시도해 보려구요"라고 대답했다. 그분은 한숨을 쉬며 "거기는 원서가 필요 없어요. 선생님하고 먼저 컨택을 해야 한다고요"라고 하는 게 아닌가. 유럽에서 제일 뛰어나다는 음악대학이 그렇게 허술한 방식으로 학생들을 뽑을 리 없다고 생각했지만, 그곳에서 이제 막 오신 선생님 이야기를 안 믿을 수도 없는 노릇이었다. 혼란의 연속이었다.

그 무렵, 나는 독일에서 바이올린을 공부하고 오신 이수진 선생님의 두 아이에게 피아노 레슨을 하고 있었다. 1년 넘게 가르치면서도 그 아이들의 엄마가 음악을 전공하신 분인 줄 몰랐다. 그런데 어느 날 학원에 오셔서 우리 학원의 피아노 교수법을 본인의 바이올린 수업에도 접목시키고 싶다는 것이었다. 그 인연으로 친분이 두터워졌는데, 빈 국립음대 입학 절차를 몰라 혼란스러워하는 내 이야기를 듣더니 "그럴 리가 없다"며 본인이 알아봐 주겠다고 했다. 그러고는 인터넷을 뒤져서 마침내 신청하는 방법을 알아냈다. 이수진 선생님의 집요한 노력과 열정으로 우리는 또 한 번 놓칠 뻔했던 밧줄을 잡았다.

그렇게 더듬더듬 한 발 한 발 내디디며 3월에 빈 국립음대에 겨우 원서를 접수하고, 5월 20일 시험에 임박해서 다시 빈으로 날아갔다.

"노! 노!" "낫 배드"에서,
마침내 "굿!"으로

빈에서 머물 숙소는 현지 한국인들의 인터넷 사이트인 '쿠쿠쿠 (http://www.cucucu.com/)'를 통해 2주간 빌렸다. '쿠쿠쿠'는 공부를 끝내고 귀국하는 학생들이 살림 집기들을 포함해서 월세를 넘기는 광고를 올리곤 하는 사이트이다.

문제는 연습실이 없다는 것. 통역을 도와주었던 H군에게 연습실을 알아봐 달라고 부탁했다. 그는 지난 겨울 복도에서 레슨을 해주었던 다비드에게 레슨을 받을 수 있을 것 같다며 연결시켜 주었다.

승민이는 일주일 동안 다비드에게 레슨을 받았다. 굼펑어 교수는 빈 라디오 심포니 오케스트라의 일원이어서 그 기간에는 중국으로 연주 여행을 떠난 상태라 만나지 못했다. 아쉽지만 어쩔 수 없는 일이었다.

다비드는 자신의 개인 레슨실을 우리에게 무료로 빌려주었다. 같이 가서 키를 주고 건물 드나드는 법도 알려주었다. 드디어 빈에서 연습이란 걸 할 수 있게 된 것이다.

나도 승민이를 따라 레슨실을 갔다. 그 첫날을 잊을 수가 없다. 레슨을 하며 다비드가 계속 "노! 노!"라고 하는 것이 아닌가. 당장 다음 주가 시험인데 이제 와서 뭘 고치라는 건지 가슴이 꽉 막혀 왔다. 내 경험상 몇 달을 숙지하고 엄청나게 연습해야 주법이 변하는 건데 시험을 며칠 앞두고 테크닉을 바꾼다는 건, 그것도 시험 당일 실수 없이 잘 해낸다는 건 거의 불가능에 가깝다. "그래, 시험 방법이나 잘 알고 가자"며 승민이를 다독이는 일 말고는 할 수 있는 게 없었다. 나부터 욕심을 내려놓아야 했다.

승민이는 알겠다고 하면서도 잠시도 쉬지 않고 맹연습을 했다. 두 번째 레슨 날, 다비드의 입에서 "낫 배드!"가 흘러나왔다. 그리고 세 번째 날 "굿!"이라는 말까지….

그 단어를 듣는 순간, 깜짝 놀랐다. 다비드는 "승민이가 새로운 것을 아주 빨리 배운다"며 칭찬했다. 빈 국립음대 입학 시험도 그 나름의 스타일이 있는데 승민이는 그에 맞는 준비가 전혀 되어 있지 않았던 것이다. 그런 아이에게 다비드는 최선을 다해 빈 국립음대 스타일을 체득할 수 있도록 도와주었다.

다비드는 자신의 개인 레슨실을 우리에게 무료로 빌려주었다. 드디어 빈에서 연습이란 걸 할 수 있게 된 것이다.

시험 하루 전날, 중국 연주 여행에서 돌아온 굼펑어 교수가 약속대로 승민에에게 레슨을 해주기 위해 시간을 내주었다. 승민의 연주를 듣고 나서 굼펑어 교수는 "매우 좋다! 너는 여기서 공부할 준비가 되어 있다고 판단된다. 하지만 입학 여부는 행정 문제라 내 능력 밖의 일이다"라고 말했다.

들리는 이야기로는 입학할 자리가 없다고 했다. 지난번 우리에게 충고해 주신 선생님의 이야기가 사실이었다. 자리가 아예 없다니 실망이 컸지만 이미 어렵다는 얘기를 충분히 듣고 왔던 터라 그리 놀라지는 않았다. '그래도 한번 해보자. 그리고 내년에 또 준비하자'고 승민이와 마음을 다잡았다.

"엄마!
이제 나 떨어져도 돼요"

입학 시험을 보러 가니 예비과와 본과 합쳐서 응시생이 한 열 명쯤 와 있었다. 그중에서 승민이 나이가 제일 어렸다. 시험은 한 명당 40분가량 보는 것 같았다. 응시생들에게 자신이 지닌 모든 것을 해볼 수 있게 시키는 듯했다. 처음엔 무슨 일이 있는 건 아닌가 의아해했다. 한국에서 입시나 콩쿠르는 너무나 짧은 순간에 끝나 버리는 것과 달라서였다.

먼저 시험을 보고 나온 학생들의 얼굴을 보니 하나같이 절망스런 표정들이었다. 안의 상황을 알 수 없었던 우리는 떨림으로 가득 찬 대기 시간을 보내야 했다. 마침내 승민이 차례가 되었다.

시험을 보고 나서 문을 열고 나오는 승민이 모습은 그렇게 절망

적이지는 않아 보였다. 나오자마자 나를 꼬옥 껴안고 한동안 말을 하지 못했다. 북받치는 숨을 간신히 참고 있는 듯했다. 그러고는 하는 말이 "엄마! 이제 나 떨어져도 돼요. 할 수 있는 건 다 하고 나왔으니" 하는 것이 아닌가.

긴장으로 온몸이 굳어 있던 나도 울컥 나오려는 눈물을 참으며 "그래, 나도!"라고 화답했다. 승민이는 자기 연주를 겨우 두 마디만 듣고 '땡!' 하고 종을 울려대던 그 순간을 떠올리고 있었다. 신기하게 나도 같은 생각을 하고 있었다. 그래서 우리는 할 만큼 열심히 해보고 떨어지는 건 용납할 수 있다고 보이지 않는 합의를 했던 것 같다.

시험이 끝나자마자 결과를 바로 벽에 붙이는 것이 관례라고 하더니 그날은 몇 시간을 기다려도 벽보를 붙이지 않았다. 긴 회의를 끝내고 나오신 분들은 결과는 일주일 후 메일로 주겠다는 이야기만 하고 가버렸다.

'입학생이 없으니 벽보를 붙이지 않는 모양이구나.'

예상은 했지만 실망감을 감출 수 없었다. 그렇게 결과도 모른 채 승민이와 나는 한국으로 돌아와야 했다.

"그럼 그때 선생님 때문에
상 받은 게 아니잖아"

차라리 떨어졌다는 발표를 본 후라면 다음 계획이라도 세울 텐데 아직 결과를 모른다는 사실이 모든 걸 어정쩡하게 만들었다. 합격 발표를 기다리며 무기력하게 있는 승민이의 정신을 조금이라고 다른 데로 돌리기 위해 그 사이 나갈 만한 콩쿠르가 있는지 알아보았다.

그때 마침 경원대학교(현 가천대학교)가 주최하는 음악 콩쿠르가 열린다는 소식을 접했다. 승민이도 한번 나가 보겠다고 했다. 이 콩쿠르에서 승민이는 고등부 타악기 부문에서 1등 없는 2등을 수상했다(참가자 중 최고 점수가 1등이 되기도 하지만, 어떤 대회는 등수마다 점수 폭을 정하고 그 점수에 미치지 못하면 1등 없이 2등을 수상한다).

중학생 연습실 시절, 승민이는 선생님의 권유로 콩쿠르에 나간 적이 있었다. 그때도 이번 콩쿠르에서와 같이 타악기 부문에서 1등 없는 2등을 했다. 그런데 어느 날 콩쿠르에서 상을 받은 건 선생님이 힘을 썼기 때문이라는 식의 이야기를 어디선가 듣고는 많이 힘들어했다.

그 말이 알게 모르게 승민이 마음에 큰 상처로 남았던 듯하다. 경원대 콩쿠르에서 상을 받고 나서 승민이는 혼자 중얼거렸다. "아 그럼, 그때도 선생님 때문에 상 받은 게 아니잖아."

너무나 당연한 얘기지만, 그 콩쿠르에는 정말로 아는 사람이 한 명도 없었기 때문이다. 절망 속에서 힘들어하는 승민에게 용기를 주기 위해 참가한 콩쿠르. 그곳에서 1등 없는 2등을 한 것이 그동안 주눅 들어 있던 아이의 자존감을 크게 회복시켜 주었다.

누구나 이렇게 돈도 아니고 빽도 아닌, 오로지 실력으로만 인정받았을 때 말할 수 없는 희열을 느낀다. 승민이도 마찬가지였다.

빈에 간 것도 꼭 그 학교에 입학하기 위해서라기보다는 우리를 모르는 전문가에게 아이의 재능과 가능성을 정직하게 듣고 싶어서였다. 한국에서는 자기 제자가 될지 말지에 따라 그 답이 달라진다는 선입관이 나에게 이미 깊이 뿌리 박혔기 때문이다.

그러나 빈에서는 사람과 그 사람의 재능에만 초점을 맞춘다. 적어도 대학교라는 교육현장에서만큼은. 머나먼 한국에서 열다섯 살

소년이 보낸 메일에서 그 진정성을 읽고 아이의 음악에 귀기울여
주고 재능을 키워 주는 교육이야말로 국적과 인종을 뛰어넘는
교육의 참모습이 아닐까.

대만 국제 타악기
콩쿠르 수상

예비과 시험을 치르고 승민이는 또 하나의 콩쿠르에 참가했다. 그 해 여름 대만에서 처음으로 개최되는 대만 국제 타악기 콩쿠르 Taipei World Percussion Championships였다. 전혀 알지 못했던 콩쿠르에 참가하게 된 것은 오로지 다비드 덕분이었다.

예비과 시험 결과를 일주일 후에나 발표한다는 이야기를 듣고 실망해 어깨가 축 처져 돌아서는 우리에게 다비드가 다가오더니 대만에서 국제 타악기 콩쿠르가 열리는데 한번 참가해 보지 않겠냐고 물었다. 우리는 어떤 해외 콩쿠르에 대한 정보도 모르고 있었기에 일단 하겠다고 답했다.

우리나라 타악기 콩쿠르는 예선에서 팀파니와 스네어 드럼을

2014년 열린 대만 국제 타악기 콩쿠르에서 승민이는 스네어 부문 1등(금장상)을 수상했다.

연주하고, 본선에서 마림바를 연주하는 것과 달리 대만 타악기 콩쿠르에서는 악기별로 참가 신청을 하고, 평가해서 상을 준다. 승민이는 참가한 첫 해인 2014년에 스네어 1등(금장상)과 마림바 4등을 하고, 그 이듬해에는 팀파니 1등(금장상), 마칭 스네어 1등(금장상)을 했다.

처음 다비드가 대만 콩쿠르 얘기를 꺼냈을 때 승민이와 나는 이번에 합격자가 없어서 위로차 권유하는 건 아닌가라는 생각을 잠깐 했다. 포쉬필을 보기 위해 학교에 갔을 때 우연히 복도에서 만나 승민에게 레슨을 해준 그때부터 다비드는 우리에게 너무도 많은 것을 베풀어 주었다. 불과 몇 시간 전에 처음 만난 학생에게 애정 어린 관심과 좋은 정보를 준 다비드가 놀라웠는데, 그 후로도 우리의 놀라움은 계속되었다.

하… 합격이라고요?

약속대로 일주일 뒤에 메일이 도착했다. 흥분과 걱정으로 손이 떨려서 메일을 제대로 열 수가 없었다. 하지만 정작 메일은 독일어로 씌어 있어서 그 내용을 알 수가 없었다. 어쩌지? 어쩌지? 해석을 해줄 만한 주위의 선생님들도 그날따라 전화를 안 받았다.

할 수 없이 구글 번역기에 넣고 돌려 보았다. 이럴 수가! 승민이 혼자 예비과에 합격했다는 소식이었다. 본과는 한 명도 뽑지 않았다고 했다. 애초에 자리가 없었는데 승민이만 입학 허가가 난 것이다. 마치 하늘의 별을 딴 듯한 기분이었다.

빈 국립음대에서 온 메일을 구글 번역기에 넣고 돌린 내용.

3부
오케스트라로 배운
어깨동무

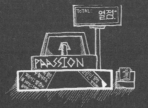

가디언 제도
정면 돌파

이제 빈에서의 생활을 준비해야 했다. 우선 살 집과 비자 문제를 해결해야 했다. 빈에서 거주하면서 그곳 비자 받는 일을 도와주는 아르바이트를 하는 분과 인터넷으로 연결이 되었다. 그분을 통해 알아보니 아이가 만 18세 전이라 입학하기 위해서는 보호자가 함께 있어야 한다고 했다. 그것이 그곳의 법이라고 했다.

부모와 같이 생활하지 않는 경우 현지에서 가디언이라는 직업으로 그런 아이들의 보호자 역할을 해주는 사람을 대신 세울 수도 있었다. 그런데 그 비용이 만만치 않았다. 예비과에 다니는 학비는 한 학기에 몇십 유로(당시 우리 돈으로 약 23,000원)밖에 안 되는데, 부대비용으로 하숙에다 가디언까지 세워야 하니 부담이 너무 커져 고민이 되었다.

엄마가 보호자로 같이 가는 경우에는 집을 좀 더 큰 것으로 얻어야 하긴 했지만 가디언 비용과 하숙비를 합친 가격과 비교해 보니 별 차이가 나지 않았다. 나는 승민이와 같이 가기로 결정했다.

몇 가지 이유가 있었지만 무엇보다 아직 어린 나이에 낯선 이국 땅에서 혼자 동떨어져 있다 보면 정서적으로나 생활 면에서 잘 자라기 힘들지 않을까라는 걱정이 앞섰다. 일찍 부모 품을 떠나 공부하는 유학생들을 접하면서 그런 생각이 더 들었다. 어딘지 모르게 의사소통이 어설프고 생활 훈련도 제대로 되어 있지 않은 것 같다는 느낌…. 음악은 엄청 잘하게 되겠지만 아직 어린 승민이가 사회적 커뮤니케이션을 제대로 익히지 못해 다른 사람들과 편하게 마음을 나누지 못하면 어쩌나 걱정스러웠다. 함께 있으면서 아이 생활을 좀 챙겨 주어야겠다는 생각이 들었다. 한국에서 서류를 준비하고, 학교 수업을 결정하고, 스케줄을 관리하는 그 어떤 것도 스스로 해볼 기회가 없었는데 외국 유학을 왔다고 해서 그 모든 것이 갑작스럽게 될 리 없지 않은가. 아직 보호자가 필요한 나이였다.

유학이란 무엇인가? 음악만 잘한다고 다 되는 건 아니지 않을까. 앞으로 가정도 꾸려야 하고, 돈도 벌어야 한다. 사람이 음악 하나만 하면서 살아갈 수 없다는 걸 잘 알기 때문에 만 18세가 될 때까지 2년 동안 한국과 빈을 오가며 보호자 노릇을 하기로 결정했다.

그리고 마음 한구석에서는 이번 기회에 나도 함께 가서 음악 공부를 더 할 수 있으면 얼마나 좋을까라는 생각이 자꾸 커져 갔다. 물론 엄마도 학생 자격을 얻기 위해서는 콘서바토리움Konservatorium 입학시험을 통과해야 하는 부담이 따른다. 시험을 통과하지 못할 경우에는 일이 더 번거로워지는 위험도 있었다. 그래도 도전해 보기로 결심을 굳혔다. 남편한테 어떻게 얘기할까? 운영하고 있는 피아노학원은 어떻게 하지? 정말 큰 산을 넘어야 했다.

먼저 '쿠쿠쿠'에 들어가서 조건이 맞는 집을 찾았다. 거의 매일 들어가서 날짜와 조건이 맞는 집이 있는지 알아보았다. 한 달가량 뒤지던 끝에 드디어 조건에 맞는 집을 발견했다. 피아노도 있고 냉장고 등 기본 살림살이가 갖춰진 집이었다. 다행이다 싶어 그 집의 살림살이는 일괄 인수하는 조건으로 사고 집세도 그대로 인계받기로 했다.

남편과 오래 대화를 나눈 끝에 동의도 얻었다. 두 달에 한 번씩 한국에 오기로 하고, 피아노 학원 운영은 후배에게 맡기기로 했다. 학원에서 2개월에 한 번씩 하는 '향상연주회'도 지금껏 하던 대로 하기로 했다. 이제 남은 것은 콘서바토리움 실기시험 준비였다. 어떤 곡을 준비해야 하는지 정확히 몰랐지만 시대별로 세 곡을 선정하고 연습에 들어갔다.

과연 나도 빈에서 음악 공부를 할 수 있을까?

학생 아들과
학생 엄마

얼마 만에 보는 시험이었던가. 두 명의 선생님 앞에서 연주를 했다.
나를 담당한 교수는 한국인 곽 선생님이었다. 어릴 때 빈에 피아노
공부를 하러 왔다가 유학온 그리스 사람을 만나 결혼을 해서 프라
이너 콘서바토리움Prayner Konservatorium 교수로 재직하고 있는 분이
었다. 한국말을 할 수 있으니 일단 다행이었지만 정신이 혼미해질
만큼 떨리고 부담되었다.

사실 그전에는 비자를 위해 누구든 입학이 가능한 학교였는데
얼마 전 입학 조건이 강화되었다고 한다. 반드시 음악 전공자라야
응시 자격을 주었고 실기 시험도 치러야만 했다. 나는 다행히 학
교 측으로부터 함께 공부해도 좋다는 허가를 받았다. 늦은 나이에

음악도시 빈에서 피아노 공부를 할 수 있는 기회가 나에게도 온 것이다. 믿어지지 않았다. 가슴이 벅차올랐다. 유럽의 가디언 제도를 적극적으로 돌파하기로 결심하면서 얻게 된 뜻밖의 수확이었다.

그런데 함께 시험을 본 한국인 중에 안타깝게도 탈락한 분이 있었다. 딸과 조카를 데리고 온 엄마였는데 나와 같은 뮤직 콘서바토리움에 지원을 했다기에 알게 되었다. 그분은 학교 입학에서부터 집 구하기, 비자 발급까지 모두 한 사람에게 부탁했나 본데 첫 단계인 엄마의 콘서바토리움 입학에서 어려움이 생기고 말았다. 바이올린을 전공한 독일인 교수가 독일어를 전혀 하지 못하는 학생을 가르칠 수 없다고 생각했는지 불합격 통보를 했던 것이다.

엄마가 비자를 받을 수 없게 되니 그 가족의 모든 계획이 틀어지고 말았다. 결국 막대한 손해를 입고 3개월 만에 모두 짐을 싸서 서울로 돌아가야 했다. 딸과 조카를 가디언에게 맡길 수 없어 아이들도 같이 귀국한 것이다. 참 가슴이 아팠다. 2년 전부터 콘서바토리움의 입학 조건이 변경되었는데 수속을 대행해 준 사람도 그 상황을 잘 몰랐던 듯하다. 그 엄마는 외국인 선생님을 담당 교수로 연결해 준 황당함도 사과받지 못했고 선불로 낸 수속 대행비조차 한 푼도 돌려받지 못했다. 그녀는 모든 계획이 물거품이 됐음에도 불구하고 나 몰라라 하고 돈만 챙기는 수속 대행인의 매정함에 다시 한 번 상처를 입어야 했다.

엄마가 같이 학교를 다녀야 하는 경우라면 언어 때문에라도 되도록 한국 선생님을 만나야 한다. 낯선 이국땅에 정착하기 위한 과정은 이렇듯 저절로 되는 것이 하나도 없다. 치밀하게 준비하고, 부지런히 이곳 사회 분위기와 흐름을 파악해서 한 단계 한 단계 통과해야만 한다. 고도의 집중력이 필요한 일이라 할 수 있다.

우여곡절 끝에
받은 비자

비자는 또 하나의 산이었다. 엄청난 서류들을 준비해야 했는데 비자 신청을 곁에서 도와주는 분이 없었다면 정말 불가능한 일이었다. 게다가 오스트리아의 사무 처리 속도는 우리나라와 확연히 달랐다. 업무 보는 날이 무척 제한적이었고 근무 시간도 짧았다. 신청한 서류는 아무리 간단한 것이라도 일주일 후에나 찾을 수 있었다. 당일 가서 서류를 떼는 우리네와는 달라도 너무나 달라 도무지 적응이 되지 않았다. 서류 준비 기간을 가늠하기도 힘들었다. 그러다 보니 마음이 조급해지고 걱정이 되어 머리가 다 아파 왔다. 어쩌면 이리도 느린 걸까? 에휴~ 한국 사람들의 빠르고 정확한 일처리 능력을 새삼 감탄하지 않을 수 없었다. 반면 이곳 관공서들은 일하는 사람 위주였다. 담당자가 바뀌거나 휴가를 간 경우에는 업무 연계가 잘 안 되어 신청자가 서류를 다시 처음부터 만들어야 하는 경우도 왕왕 있었다.

우리에게도 그런 일이 생겼다. 많은 서류들(거주자 등록증, 보험, 학교 등록증, 집 계약서, 은행 계좌 개설 서류, 출생증명, 가족증명 등)을 한 달가량 여기저기 뛰어다니며 준비한 끝에 겨우 접수시켰는데, 보통 한 달이면 나온다는 비자가 두 달이 지나도록 소식이 없었다. 접수증이 있긴 했지만 어느덧 유럽연합 국가의 무비자 체류 기간인 3개월이 훌쩍 넘었다. 알고 보니 그 사이에 담당자가 휴가를 가고 없었던 것이다. 3개월이 지나고야 비자를 찾으러 오라는 편지가 왔다. 그제야 안도의 한숨을 내쉬고 비자를 찾으러 갔다. 한 시간가량 기다린 끝에 우리 번호를 부르기에 들어갔더니 담당자가 바뀌었는지 다른 사람이었다. 그런데 내 비자카드만 주고 승민이는 접수가 안 됐다고 하는 것이 아닌가. 이럴 수가!

그럴 리 없다고 우리는 같이 신청하고 서류도 같이 냈다고 항변했지만, 담당자는 없다고 딱 잘라 말했다. 그러면서 지금껏 준비했던 서류 항목들을 알려주며 다시 내라는 것이었다. 순간 머리가 멍해졌다. 하지만 이대로 물러서면 안 된다는 생각이 들었다. 다시 그 서류들을 준비해야 한다고 생각하니 눈앞이 캄캄해졌다. 지금 이곳에서 해결을 봐야 한다고 마음먹었다. 승민에게 다시 한 번 확인해 보라고 강력히 요청하라고 하고, 그러기 전에는 여기서 안 나갈 거라며 의자에 털썩 주저앉았다. 담당자도 우리가 하도 단호하게 대응하니까 그때서야 다시 확인해 보더니 숨어 있던 서류를 찾아 냈다. 애초에 승민이 이름을 컴퓨터에 잘못 입력한 것 같았다. 그런 데도 미안하다는 말 한마디 없이 비자카드만 건네주었다. 비자 하 나 받는 게 이렇게 힘들 줄이야.

어쨌든 다시 서류 난리를 안 피우게 되었으니 그나마 감지덕지 할 수밖에. 그런 우여곡절 끝에 4개월이 지나고 나서야 비자를 손 에 쥘 수 있었다.

빈에 유학 온 학생들은 대부분 우리와 같은 스토리가 다 하나씩 있다. 유학원이 없다 보니 하나부터 열까지 스스로 부딪히고 깨지 면서 자신의 길을 개척하는 중에 벌어지는 일들이다. 이제는 이곳 시간에 적응이 되었는지 오스트리아 사람들의 일하는 속도가 느리 다는 생각이 안 든다. 여기서는 무엇이든 미리미리 하기 때문에 조 급해할 이유가 별로 없다. 몇 개월 전부터 준비하고 계획하는 사회 의 흐름을 무시하고, 무슨 일이든 급히 결정하고 최대한 빠른 시간 내에 처리해야 효율적으로 느끼는 생각의 습관 때문에 그 당시 나 에게는 모든 것이 느리게만 보였던 것 같다.

사람 관계가 이렇게
아름다울 수가!

우리가 거주하는 아파트 옆에는 운동센터가 있다. 승민이는 학교에서 인연을 맺게 된 다비드가 이 운동센터에 토요일마다 검도를 하러 온다는 이야기를 우연히 듣고는 그 주 토요일 베란다에서 밖을 내다보고 있었다. 행여나 다비드를 볼 수 있지 않을까 해서였다.

잠시 후 거짓말처럼 다비드가 나타났다. 우린 너무 반가워 펄쩍 펄쩍 뛰면서 인사를 나누었다. 검도 끝나고 우리 집에 들르면 좋겠다며 초대도 했다. 한 시간쯤 지나 운동을 마친 다비드가 정말 우리 집으로 찾아왔다. 갑작스럽게 대접할 것이 없어서 라면을 끓여 냈다. 그로서는 난생처음 보는 매우 요상한 국수였을 것이다. 그럼에도 어찌나 맛있게 먹는지 보는 내가 다 흐뭇했다.

그런데 식사가 거의 끝날 즈음, 집으로 가구가 배달되었다. 막상 살 집에 와보니 매트리스만 한 장 달랑 있기에, 며칠 전 승민이와 나가서 침대 프레임 하나와 승민이가 쓸 소파 겸용 침대를 주문해 놓았는데 그게 마침 온 것이다. 포장을 뜯어서 보니 나사가 잔뜩 들어 있는 봉지 하나와 목재만 잔뜩 들어 있었다.

오스트리아는 우리와 달리 가구를 사면 직접 조립해야 한다고 듣긴 했지만 막상 원재료만 배달되고 보니 정말 막막했다. 나나 승민이는 나사 돌리는 것도 제대로 못하는데, 설명서를 보고 이 작은 나사들을 맞추자면 며칠은 족히 걸릴 것 같았다.

다비드가 우리에게 조립할 줄 아냐고 물었다. 한 번도 해본 적이 없다고 이실직고했더니 흔쾌히 도와주겠다며 목재들을 방 안에 펼쳐놓기 시작했다. 수십 개의 나사들과 나무 토막들. 으~ 세상에 이걸 언제 다 조인단 말인가!

나와 승민이가 어찌할 바를 모르고 있을 때, 다비드의 손은 보이지 않을 정도로 빠르게 움직였다. 우리가 할 수 있는 건 음악을 신나게 틀어주는 것밖에 없었다. 세 시간 정도가 지나자 침대가 짠! 하고 완성되었다.

다비드는 승민에게 "자, 이제 연습하러 가자!"며 윙크를 했다. 기껏 사람을 초대해서 라면 하나 꼴랑 먹이고 힘든 노동을 시킨 셈이 되어 미안하기 짝이 없었다.

빈 국립음대 조교인 다비드는 빈에 첫발을 내디딘 그때부터 우리에게 더할 나위 없는 친
절을 베풀어 주었다. 뛰어난 실력의 타악기 연주자가 가구 조립도 척척 잘 해낼 줄이야.

하지만 만약 그때 다비드를 만나지 못했더라면 우리는 침대 조립 때문에 또 며칠을 끙끙댔을 것이다. 뛰어난 실력의 음악 연주자가 이런 가구 조립까지 척척 잘 해낼 줄이야.

이렇게 다비드와 승민이의 관계에서는 권위적이고 상하 관계로 경직된 스승과 제자의 모습을 털끝만큼도 찾아볼 수 없다. 사람과 사람 사이의 관계가 이렇게 아름다울 수 있다는 것을 새삼 느끼게 해준 감동적인 날이었다.

예비과로 시작한
학교생활

예비과 학생은 정식 학생이 아니다. 예비과 과정이 끝나고 본과 입학이 보장된 것도 아니어서 어떻게 될지 알 수 없는, 조금은 불안한 위치다. 독일어를 습득해야 하는 시기여서 이론 수업은 없고 실기 레슨만 받는다. 다행히 승민이는 레슨이나 일상생활은 영어로 어느 정도 의사소통이 가능했다. 초등학교 때 캐나다로 어학 연수 가서 학교에 적응하느라 애쓰고 쩔쩔매던 시간들이, 고맙게도 유용하고 큰 무기가 되어 예비과 1년을 버티게 해준 것이다.

나중에 본과 시험을 보려면 독일어 점수가 최소 B1(독일어 언어 시험은 A1이 가장 낮은 점수이고 A2, B1, B2… 순서로 단계가 높아진다)을 통과해야 하기 때문에 오전에 독일어 학원을 다니기로 했다. 오후에는 학교 연습실에 가서 문을 닫는 9시 30분까지 혼자 연습을 했다. 수업이 없다 보니 시간이 비교적 여유로웠다. 그 김에 둘이 음악회를 많이 보러 다녔다. 음악에 대한 이야기가 우리의 공통 화제가 되었다. 한국에 있을 때 승민이는 나와 대화하는 것을 그다지 좋아하지 않는 줄 알았는데 그게 아니었다. 아이의 마음을 열어 준 빈이 한없이 고마웠다.

나 역시 한국에 있을 때는 몰랐던 승민이의 새로운 모습을 많이 발견하게 되었다. 연습에 몰입하는 자세, 엄청난 연습량, 무엇보다 음악을 이토록 좋아하는 줄 예전엔 미처 몰랐다.

초등학교 때 어떤 방법으로든 클래식 음악을 접하게 하려고 음악회를 많이 데리고 다녔는데, 그때마다 실랑이가 벌어지곤 했다. 음악회 중간에 있는 휴식 시간부터는 끝날 때까지 밖에서 놀고 있겠다고 고집을 피워 얼마나 속상했던지…. '그래도 절반은 성공했으니 이걸로 만족해야지' 하며 스스로를 위안하곤 했다.

그런 노력이 아이에게 알게 모르게 스며들었는지 빈에 와서는 집에서 실황 음악을 들을 때 오히려 음악회에 온 것처럼 진지하게 감상을 한다. 불을 끄고 중간에 휴식 시간을 갖기도 하면서 말이다. 내가 집중 안 하고 왔다 갔다 하면 나를 쳐다보는 눈빛이 얼마나 매서운지 모른다. 그럴 때마다 승민이가 문제집 풀다 몇 분 간격으로 들락날락하고, 음악회를 끝까지 못 보고 밖에서 놀던 생각이 나서

한국에 있을 때는 몰랐던 승민이의 새로운 모습을 많이 발견하게 되었다. 연습에 몰입하는 자세, 엄청남 연습량과 무엇보다 음악을 이토록 좋아하는 줄 예전엔 미처 몰랐다.

속으로 피식 웃는다. "그때의 엄마 마음을 이제야 알겠냐?" 하면서.

개강과 함께 승민이의 학교생활이 본격적으로 시작되었다. 예비과 학생들은 클래스 수업은 없지만 담당 교수에게 실기 레슨을 받으며 각자의 역량을 키워야 한다.

당시 빈 국립음대에는 타악기 교수가 두 분 계셨는데, 우리가 메일을 보냈던 굼핑어 교수 밑에는 이미 자리가 꽉 차서 새로운 학생을 받을 수 없는 상태라고 했다. 어쩔 수 없이 승민이는 시험 때 함께 심사를 하셨던 게르하르트 빈트바허Gerhard Windbacher 교수에게 지도를 받아야 했다. 그분에 대해서는 아는 게 아무것도 없는 상태라, 이미 좋은 선생님으로 소문난 굼핑어 교수에게 배우지 못하게 된 것만이 못내 아쉬웠다. 승민이도 조금 불안한지 얼굴이 어두웠다.

"승민아! 우리가 여기까지 올 때 매 순간 얼마나 마음 졸이고 두려웠니? 그때를 잊지 말자. 그때보다는 백 배 좋은 상황이고, 이제 시작이니까 네가 좋은 상황을 만들어내면 되지 않겠니?"

그런데 빈트바허 교수는 몸이 자주 아팠다. 그래도 이 교수의 연주를 한번 들으면 모두 그 기막힌 실력에 놀란다고들 했다. 평상시에는 손을 약간 떨고 계시지만 말이다.

빈트바허 교수가 몸이 안 좋다 보니 학생들 레슨 시간에 자주 빠졌다. 그때마다 학교에서는 빈 필하모닉 연주자들에게 레슨을

연주회 전 리허설을 하고 있는 오케스트라 단원들.

요청했다. 그러면 현역 빈 필하모닉 타악기 연주자들이 와서 번갈아 레슨을 해주었다. 그들은 대부분 빈 국립음대 출신이었다. 어찌 보면 승민이에게는 오히려 잘 된 일이었다. 도저히 닿을 수 없는, 꿈처럼 보이던 빈 필하모닉 연주자들을 가까이 할 수 있게 되었으니 말이다.

빈 필하모닉 연주는 워낙 유명해서인지 연주 전에 하는 리허설도 하나의 연주회처럼 티켓을 팔고 관중에게 보여준다. 우리는 학생들을 가르치러 온 연주자들에게 초대권을 받아 관람을 하는 특별한 경험을 했다. 모두 사복을 입고 자유로운 분위기에서 잘 안 되는 곳을 고쳐 가며 완성해 나가는 연주회는 무대 위의 정식 공연보다 더 편안하고 친근하며 솔직한 음악회로 느껴졌다.

외국인은
다 천사인 줄 알고

이곳 빈에서는 모든 게 서툴고 잘 모르는 것 천지다. 그럼에도 친절하게 알려주는 사람들이 많아 대부분의 일들이 수월하게 넘어갔다. 굼펑어 교수도 그렇고, 다비드도 그랬다. 그래서인지 승민이에겐 '여기 사람들은 모두 친절하고 정직한 사람들'이라고 각인되었던 모양이다.

어느 날, 승민이가 연습실에서 나오는데 아주 세련된 차가 앞에 서더니 양복 수트를 기가 막히게 빼입은 잘생긴 남자가 급하게 내리며 영어를 할 줄 아느냐고 묻더란다. 할 수 있다고 대답하니까 자기가 공항 가는 길을 몰라서 그러는데 가는 길을 알려줄 수 있냐고 하더란다. 구글 지도를 찾아서 자세히 알려주니까 고맙다며 아르마니 디자이너라고 적힌 명함을 주었다고 한다. 그러면서 급하게 비행기 탈 일이 생겼는데 자기가 디자인한 옷을 갖고 타면 세금이 너무 많이 붙는다면서, 지금 현금이 떨어져서 그런데 돈을 주면 옷을 대신 주겠다며 "차에 탈래?"라고 했다는 것이다.

승민이가 차에 올라탔더니 뒷자리에 진짜 아르마니 상표가 붙은 옷이 있었다고 한다. 아이가 옷을 보니 욕심이 좀 났나 보다. 그래서 "나는 여기 온 지 얼마 안 돼서 아직 카드를 못 만들었다. 하지만 집에는 돈이 있다"고 했더니 "가까이 사는 친구는 없냐"고 묻더란다. "나는 아는 사람이 하나도 없다"고 하자, 그 남자 얼굴 표정이 바뀌면서 "그럼 안 되겠다"고 했단다.

승민이는 의심이 좀 들긴 했지만 좋은 옷을 싸게 살 수 있다는 유혹에 넘어가서 돈이 있었더라면 정말 주었을 것이라고 했다. 그 사람이 네 집에 같이 가자고 했더라면 정말 같이 왔을 것 같다고도 했다. 그 남자가 먼저 "그럼 안 되겠다. 네게는 옷을 못 주겠다"고 해서 일이 더 이상 커지지는 않았다.

그 사람과 헤어지고 나서 아이가 나에게 전화를 했다. "엄마, 이런 일이 있었는데 너무 아쉬워!" 그때까지도 승민이는 전혀 상황을 파악하지 못하고 있었다. "돈이 있었다면 줬을 텐데, 엄마 나도 카드를 만들어야 될까?"라고 말하기까지 했다. 가슴이 철렁했다. 아이가 우리가 모르는 어딘가로 사라질 수도 있었는데….

"너 어떻게 아무 의심도 없이 남의 차를 탈 수 있니?"라고 물었더니 "그 사람 명함이 있잖아"라면서 "거기에 디자이너라고 돼 있던데?"하는 것이었다. "너는 그 명함을 다 믿니?"라고 되물었더니 그제야 "엄마, 그러면 아니야?"라고 물어 보는 아이. 아직도 승민이는 그렇게 세상물정 모르는 철부지였다.

얼마나 가슴이 철렁했는지 소리를 버럭 질렀다. "너 그렇게 차 탔다가 쥐도 새도 모르게 없어지면 널 찾을 수도 없는데 어떡할래?" 했더니 "나는 힘이 세서 그런 것쯤은 뿌리치고 나올 수 있다"며 오히려 큰소리치는 게 아닌가.

이곳 빈에도 이런 류의 위험 요소가 여럿 있는데, 아이는 환상에 빠져 있었다. 많은 사람들이 친절하게 대하고 잘 알려주니까 모두 자기를 환영해 준다고 착각하고 있는 것이다. 만약 아이에게 현금이 있었다면 다 주었거나 카드로라도 찾아서 주었을 것이다. 다행히 이번에는 큰 손해 보지 않고 좋은 경험을 한 셈이다.

"명함은 원래 자기를 소개하는 진짜여야 하지만, 누굴 속이려고 마음먹으면 어떤 직위든 넣어서 5분 만에도 만들 수 있는 거란다" 하고 일러주었다. 아이는 그런 사실 자체를 몰랐다. 명함을 무슨 증명서처럼 생각했다.

외국 생활이라는 게 항상 이렇다. 긴장의 끈을 놓기가 어렵다. 아이는 그날의 일을 페이스북에 올렸다. 글을 올릴 때만 해도 엄마가 지나친 걱정으로 자기에게 잔소리하는 것으로 생각했던 것 같다. 왜 엄마는 사람을 믿지 못하고 위험하지도 않은 일을 걱정하느냐는 불만 섞인 글을 올린 것을 보면.

그런데 친구들이 댓글에 그와 비슷한 명함들을 올렸다. 다른 아이들도 비슷한 수법의 사기 사건을 경험한 것이다. 그제야 승민이는 자신이 정말로 사기당할 뻔했다는 사실을 깨닫게 되었다.

그런 일이 있을 때마다 내가 아이 옆에 있어서 참 다행이라는 생각이 들었다. 이렇게 아직 아무것도 모르는 아이를 혼자 유학 보냈다면 어떻게 되었을까. 모든 게 낭만적으로 보이기만 하는 서툰 이방인에게 세상은 그리 녹록하지만은 않다.

오고 싶어 온 아이,
억지로 온 아이

빈에 음악을 공부하러 온 학생들은 크게 두 부류로 나뉜다. 한 부류는 부모에 의해 억지로 온 아이들이고, 다른 한 부류는 스스로 원해서 온 아이들이다.

빈의 집들은 워낙 벽이 두껍고 천장이 높아 방음이 잘 되기 때문에 마음만 먹으면 혼자 집에서 아무때나 악기 연습을 할 수가 있다. 음악도에게는 더할 나위 없이 좋은 환경인 셈이다.

그럼에도 부모에게 억지로 떠밀려 온 애들은 집이 마냥 게으름의 천국이 된다. 늦잠 자고, 식사도 불규칙적으로 하고, 연습시간 관리도 엉망인 경우가 많다. 사람들을 만나지 않으니 언어가 늘지 않아 의사소통도 안 된다. 독일어 시험을 통과하지 못하니 대학에서 수업을 들을 수가 없어 몇 년씩 예비과만 다니는 학생도 있다. 공적인 일을 볼 때는 말이 서툴러서 통역하는 사람을 데리고 다니기도 한다.

이에 반해 음악이 좋아서 스스로 온 아이는 다르다. 독일어를 열심히 배우고, 체력관리도 잘 하고, 연주도 많이 하는 아이들이 이 부류에 속한다. 승민이는 오케스트라를 하고 있어 언제나 사람들을 만나야 하므로 언어가 저절로 늘 수밖에 없는 다행스러운 경우였다.

뭐니 뭐니 해도 외국 생활의 관건은 언어다. 친구를 사귀고, 정보를 얻고, 그들의 정서를 이해하기 위해서는 무엇보다 말이 통해야 한다. 언어는 새로운 세상에 적응하기 위한 가장 기본적이면서도 중요한 생활수단인 것이다.

그러나 무엇보다 자기 안에서 끓어오르는 욕망이 있어야 세상을 향해 문을 두드리는 게 아닐까.

그곳에는
열정페이가 없다

승민이는 빈으로 오기 전까지 오케스트라를 제대로 해본 적이 없었다. 중학교에서 해본 몇 번의 연주가 전부였다. 그런데 빈에서는 예비과에 있을 때부터 오케스트라 연주에 참가하지 않겠냐는 제안이 많이 들어왔다. 음악적 훈련을 받은 기간이 너무 짧아 제대로 배운 게 없었는데도 사람들이 그것까지 알 수는 없었을 테니….

빈에는 정말 오케스트라가 많다. 그런데 그 많은 오케스트라가 타악기 주자를 다 두고 있지는 않다. 그럴 경우 외부에서 연주자를 청하는데, 빈 국립음대 타악기 학생들은 이런 식으로 자주 부름을 받는 듯했다. 졸업한 선배들이 불러 주기도 하고, 교수들에게 들어오는 요청과 선배들이 자신들이 연주하지 못하는 경우 후배들에게 연결해 주기 때문이다.

맨 처음 연주 요청을 받았을 때 승민이는 겁도 없이 오케이를 했다. 두 번 리허설을 하고 바로 무대에서 연주를 한다고 했다. 한 달을 연습하는 것도 아니고 리허설 고작 두 번 하고 바로 무대 연주라니! 몇 년씩 연습실을 다니고도 변변한 레슨조차 받지 못했던 승민이로서는 너무나 놀라운 일이었다. 그래도 주눅 들지 않고 용기 있게 도전하기로 한 모양이었다. 밤새 음악을 듣고 악보를 봐 가며 온몸의 기를 모아 준비하는 아이의 모습을 보고 있자니 무척이나 대견했다.

선배의 권유로 하게 된 첫 연주는 빈 공대 아마추어 오케스트라 정기 연주회였다. 아직 독일어가 서툰 까닭에 선배가 영어로 지휘자의 말을 통역해 주었다. 연주를 하게 될 줄은 꿈에도 생각 못 했기에 준비해 간 옷도 없었다. 옷 사는 곳도 몰라서 며칠을 그냥 흘려 보내야 했다. 난감했다.

빈은 대부분의 상점이 저녁 7시만 되면 문을 닫는다. 반면 학교 연습실은 저녁 9시에야 문을 닫는다. 승민이는 연주복보다는 자기 연습이 더 급하다면서 도통 시간을 내주질 않았다. 연주가 임박해서야 겨우 싸구려 검정색 양복을 하나 구입할 수 있었다. 그런데 또 바지 수선하는 곳을 몰라서 헤매야 했다. 할 수 없이 휴대용 반짇고리를 이용해 내가 직접 바짓단을 줄여야 했다. 이곳 사람들은

본과 시험을 준비하는 기간에도 승민이는 학교 프로젝트와 다른 오케스트라 연주에 계속
참가했다. 아래는 캠프에 참여했을 때.

평소 음악회를 자주 다녀서 연주 복장에 대해 너무도 잘 알 텐데 무슨 실수라도 하지 않을까 마음이 조마조마했다.

본과 시험을 준비하는 기간에도 승민이는 이런 식으로 학교의 프로젝트와 다른 오케스트라 연주에 계속 참가했다. 이렇게 많은 연주 기회가 있을 줄 한 번도 생각지 못했기에 지금도 놀랍다. 그 연주회를 함께 다니는 나도 덩달아 음악 감상의 기쁨을 만끽하고 있다.

이처럼 연주를 통한 공부도 더할 나위 없이 좋은 일인데, 승민이는 그때마다 연주 수고비라는 것을 받았다. 우리나라에서는 너무도 당연시하는 열정페이 같은 것이 그곳에는 없었다. 선배들의 졸업 연주를 도와 문을 열고 닫아 주거나, 악보대를 준비해 주는 일 같은 것에도 꼭 수고비를 주었다. 그런 소소한 일에 돈까지 받느냐고 정 없다고 여길 수도 있지만, 오히려 그런 작은 일에 들어가는 에너지와 시간까지 애정을 갖고 중요하게 생각해 주는 것 같아서 감동스러웠다. 이런 식으로 오스트리아에 와서 문화에 따른 관념과 인식의 차이 때문에 깜짝 놀랄 때가 많다.

한국에서는 선생님과 관련된 연주가 있을 때에는 제자라는 이유로 연주 전후 정리와 악기 세팅을 도맡아 하곤 했다. 그 팀의 연주가 있는 날이면 아이는 몸이 휘청거릴 정도로 뛰어다녀야 했다.

한 사람의 시간은 그 누구도 제 마음대로 써먹을 수 없는 건데 왜 그런 일들에 맞서지 않았을까? 나 또한 대학원 다닐 때 너무나 많은 일들을 열정페이로 해왔기 때문에 아무렇지 않게 받아들였던 게 아닌가 싶다. '누구 때문에 이곳에서 일하는데, 이 공간을 돈 주고 빌린다면 돈이 얼마나 필요하겠어? 그러니 돈을 안 받아도 괜찮아. 이런 일은 돈 주고도 경험 못 하는 거잖아' 하면서.

그렇게 열정페이를 정당화하며 했던 그 수많은 말들을 이젠 우리도 끝내야 하지 않을까.

궤도 밖에도 **길은 있다**

엄마 혼자 쓰는
비엔나 일기

더 쿨하지 못해 미안

"엄마! 오늘 오케스트라 연습에서 참 괜찮은 여자를 만났어. 바이올린 하는 사람인데 어찌나 친절하고 예쁜지 몰라. 근데 프랑스 아가씨야! 진짜 얼마나 예쁜지 엄마도 보면 깜짝 놀랄걸? 그런데 문제가 있어. 알고 보니 나보다 나이가 너무 많아! 으~ 다들 나보다 나이가 많아ㅜㅜ"

나는 아무 도움이 안 되는 줄 알면서 "어쩌라고! 그냥 친구로만 잘 만나렴!"이라고만 대꾸해 준다. "사귀어 봐!"라고 시원하게 맞장구쳐 주면 좋으련만.

유미경
2014.10.15 오전 5:28

승민이는 오전 독일어 수업을제외한 모든시간을
학교에서 지냈다.
레슨과 연습에 빠져 너무도 행복해하는 아들^^
먹게 아직은 마땅치 않을텐데도 상관없단다ㅋ
최고의 선생님, 좋은악기와 좋은선배들.
꿈을 키우기에 부족함이없다.
예비과인지 본과인지 헷갈림ㅋ 본과생보다도 더오래
머무르는듯 ㅎㅎ~~
여기 승민이를 도와주고 칭찬해주는 많은분들께
무한감사드리고 싶다^^~~
이제 시작이다!!

유미경
2015.12.11 오전 7:30

에너지 넘치는 빈겨울이야기^^
12월초에 빈에서는 모짜르트가 세상을떠난 시기를
맞아 모짜르트 마지막 미완성작품인 레퀴엠이
여러성당에서 연주된다고한다. 빈시내 한복판
미카엘성당은 모짜르트 사우5일째 추도식을 하면서
레퀴엠이 초연된곳이다. 승민이가 그 미카엘 성당에서
레퀴엠 팀파니객원 연주를 이틀동안했다!! 200여년전
모짜르트가 살아숨쉬듯 기가막힌 성가대와
오케스트라속에서 당당하게 음악을 살리는 승민이를
보며 가슴벅찬 행복과 감사들!!!
성가대와 오케가 성당뒤쪽에 가려진 구조라 소리에만
집중하게하는 신비한 성당음향이 놀라웠고 연주후
연주자들이 내려오면 기립박수를치는 사람들~~~
당일 한번리허설 후 바로 연주하는 프로들 세계에서
조금도 흔들리지않는 승민이를 보면서 이제는 어엿한
음악가로 여겨진다.

HEUTE
TODAY
OGGI

유미경
2015.01.29 오전 7:31

우휴~~ 승민이가 연주를 잘끝냈다!!
라디오방송국?올에서 mdw악생들이 작곡한 현대곡
발표연주.
승민에게는 너무! 진짜!! 힘든 분야였고
이걸해보라 한 교수가 야속할만큼
고민스러워했다.악보외에는 들어볼수도 없고 ㅜㅜ;;;
여러타악기를 빠른박안에 연주해야하는 곡.
난 심장이 쪼여와서 숨쉬기가 힘들었다.
한국에서는 항상 음악을살릴거라 믿고 승민연주를
건방떨며 들었는데 여기서는 아니다ㅠㅠ
교수들이며 학생들 귀가 반은 귀신인 사람들.
으~~ 예비교과 애가 어우적댈까 완전예민.
다른연주자들은 여기 본과 학생이니 완존 전문가들.
아! 박수!!!! 먼옛날 베베른,바르톡도 이렇게
시도했었겠지~ 어렵지만 긴장을 놓을수없는
현대곡의세계~ 그리고 오늘 승민 ㅋㅋ

유미경
2016.05.08 오전 9:05

오늘은 빈에서 맞은 또한번의 최고의 날!!
뮤직페라인에서 빈국립음대 오케스트라 연주가
있었다. 승민이가 참가하며 멋진 순간을 선물했다.
처음 빈에와서 이 홀앞에서 사진찍으며 '과연 나도
여기서 연주할 날이 올까' 하던 아이가 소망을 이룬
순간이다!! 너무 무대고 어려운곡이라 어느때보다
긴장해서 걱정됐는데 정말 기특하고 대견하게
잘해냈다!! 말러 교향곡5번이 나를 흔든다. 초원을
지나는듯, 폭풍을 만난듯,하늘을 나는듯, 걱정에
휘말린듯, 장난치듯, 토라진듯....
아~~~ 숱한 이야기들을 들려준 오늘 연주.
그안에 승민이가 있어서 더 없이 가슴벅찬 날!!
노력과집념, 열정에 박수를 보낸다~~

독일어는 어려워

빈에 처음 갔을 때 승민이랑 같이 독일어 학원에 다녔다. 독일어를 빨리 배워 보겠다는 의욕과 집념이 불타올랐지만 그 집념은 곧 허망하게 무너졌다. 아이는 학교에서 일상적으로 듣고 말해야하는 상황이다 보니 독일어 실력이 일취월장했지만, 독일어를 쓰지 않아도 시장을 볼 수 있고 친구도 없어 독일어를 연습할 기회가좀처럼 없었던 나는 매일 하루 세 시간씩 쏟아지는 독일어를 감당못하고 결국 3개월 만에 두 손 들고 말았다. 하는 수 없이 교회에서 열리는 생활 독일어 클래스로 방향을 돌렸다. 그나마 따라갈 만큼 많이 수월해졌지만 아직도 독일어는 나에게 너무 힘든 언어다.

몸짱 약속 지키려고

집 바로 옆에는 운동센터가 있어서 필라테스를 하러 다녔다. 독일어도 좀 늘지 않을까 하는 기대와 떨어져 있는 동안 운동 열심히 해서 몸짱이 되겠다는 남편과의 약속을 지키기 위해서였다. 독일어를 전혀 알아듣지 못했지만 옆 사람 동작 보고 눈치껏 따라했다. 룸이 바뀌거나 수업이 취소될 때는 난감했지만 짧은 영어로 어찌어찌 해결하곤 했다.

언어가 안 되는 낯선 사람들과 한공간에서 무엇을 같이한다는건 생각만 해도 긴장되고 두려운 일이다. 그래도 '해보자!' 단단히 마음먹고 막상 부딪쳐 보니 눈으로, 미소로 소통이 되었다. 그리고 상대방의 작은 배려와 친절이 따뜻한 위로가 되었다. 세상살이는 언어가 다르거나 문화가 달라도 거의 비슷하다는 걸 알 수 있었다.

음악과 미술에 대한 갈증 해소

음악 레슨을 받는 일이 나에게는 무엇보다 중요했다. 어릴 적 꿈 꾸던 피아노라는 악기에 대한 갈증을 결혼과 가정이라는 현실 속에서 참고 있었기 때문이다. 레슨은 오랜 기다림에 대한 위로인 듯, 하늘에서 나에게 배달된 선물인 듯했다.

지도교수인 곽 선생님은 꼼꼼하고 명료하게 레슨을 해주었다. 그 매력에 폭 빠진 나는 늘 레슨 하는 날을 손꼽아 기다렸다. 모차르트가 살았고 작곡하고 걷던 길, 하이든·베토벤·슈베르트·브람스 등 수많은 대연주자들이 연주하던 곳들을 나도 걷고 머물 수 있는 것만으로도 가슴 벅찬 일인데, 음악의 본고장에서 레슨까지 받을 수 있다는 것은 기적과도 같은 일이 아닐 수 없다. 단 한 순간도 놓치고 싶지 않은 시간들이었다.

이론 수업은 한국 음대에서 공부한 증명으로 대신하고 실기만 하면 되니 언어에 대한 부담은 없었다. 하지만 실기 시험 때 한국에서는 곡의 맨 앞부분만 듣는 것과 달리 곡을 끝까지 연주해야 해 엄청난 부담으로 다가왔다. 제대로 공부하지 않았던 습관을 하루

빈 프라이너 콘서바토리움에서 피아노 연주하고 있는 모습(위)과 MQ 앞에서(아래).

아침에 고치기란 얼마나 어려운지….

음악 말고도 미술관 연간 회원권을 끊어놓고 수시로 그림을 보러 다녔다. 이곳의 연간 회원권은 입장료 5회 가격 정도였고, 더욱이 알베르티나 미술관의 초청 이벤트는 세계 최고 수준을 자랑한다. 또한 이곳의 여러 박물관들이 소장한 미술품만 해도 엄청나다.

게다가 아주 유명한 음악회장과 미술관들이 우리나라 영화관처럼 길가에 자리하고 있다. 문화 접근성이 굉장히 좋다는 이야기다. 우리나라에서 영화 보러 가는 것이 쉽듯이, 이곳 음악회장이나 미술관도 지하철역에서 나오면 바로 있어서 차가 없어도 쉽게 갈 수 있다. 그래서 더 자주 가게 된다. 그만큼 턱이 낮다는 말일 것이다. 예술이 대단한 무엇이 아닌 우리와 가까이 있어야 할 것들이라는 건가? 그 점이 참으로 인상적이었다.

뼛속까지 시린 겨울, 눈부시게 화창한 여름

여기 와서 우리나라 날씨가 사시사철 얼마나 아름다운지 새삼 깨닫게 되었다. 최근 들어 황사와 미세먼지로 하늘이 뿌연 날들이 많아 마음에 걸리지만 우리나라 계절은 대체로 사랑스럽다.

반면 오스트리아 날씨는 대부분 별로다. 그 때문에 우울증에 걸리는 사람도 많다고 한다. 이곳 겨울은 10월 말에 시작돼 2~3월까지여서 좀 길다. 그 기간에 해를 보게 되는 날은 너무 반가워 나도 모르게 밖으로 나갈 만큼 평소 날씨가 우중충하고 해도 빨리 진다. 늦잠을 자거나 게으름을 피우다 보면 금방 노을이 진다.

또 오후 3시가 막 지났을 뿐인데. 습기를 머금은 추위는 '뼛속까지 시리다'는 표현 말고는 달리 묘사할 말이 떠오르지 않을 정도로 매섭다. 겨울이 길고 음습하다 보니 밖으로 돌아다니지 않고 집 안에만 머물게 되는 것 같다. 그래서 철학과 음악이 발달한 건 아닐까.

이에 비해 6월부터 8월까지 여름 3개월은 그야말로 최고다. 습기가 없기 때문에 그늘에 들어가면 아주 시원한 데다 하늘도 맑고 눈부시다. 이 푸른 몇 개월이 어둡고 긴 겨울을 보상해 주는 것이리라.

긴 겨울의 꽃, 크리스마스 마켓

11월 중순이면 크리스마스를 준비하는 사람들로 나라 전체가 술렁인다. 대부분의 가게가 평일에는 오후 7시, 토요일에는 5시에 문을 닫고 일요일엔 아예 문을 안 여는 이곳도 크리스마스를 앞둔 한 달은 우리네 재래시장처럼 크리스마스 마켓을 연다.

유명 장소마다 간이 가게를 차려놓고 먹거리와 특색 있는 물건들을 파는데, 긴 겨울 저녁을 보내기 힘들 때 안성맞춤인 이벤트가 아닐 수 없다. 늦은 시간까지 문을 여는 것 자체가 이곳에서는 그

이곳에서는 오랜 전통과 학문, 예술 등이 잘 어우러져서 그런지 세대 간의 모습도 조화
롭다. 아직 문화 유아기 수준을 못 벗어난 우리로서는 부러운 광경이 자주 눈에 띈다.

만큼 특별한 일이다.

11월 중순부터 한 달가량 매일 밤 열리는 크리스마스 마켓은 긴 겨울밤 즐겁게 놀 수 있는 마당이지만, 12월 24일 오후가 되면 일제히 문을 닫는다. 오스트리아에 간 첫 해 12월 25일 성탄미사를 보기 위해 한인 성당을 가는데, 내가 탄 열차칸 안에 나 혼자였던 적도 있다.

이처럼 24일 저녁부터는 가족과 함께 지내기 때문에 거리에 사람이 거의 다니지 않는다. 미리 먹을 것들을 잔뜩 준비해 놓고 가족이나 친구들과 성탄을 즐기는 이곳이야말로 진짜 성탄절의 모습이 아닌가 싶다.

인본주의? 차본주의?

이곳에서는 신호등이 없는 건널목을 건널 때 눈을 감고 건너도 될 만큼 확실하게 차가 멈춘다. 멀리서 사람이 와도 차가 미리 멈춰 있는 걸 보고 누군가 한 우스갯소리가 떠오른다.

"여기는 인본주의! 한국은 차본주의!"

오전 시간 빈의 카페는 나이든 노인들로 늘 북적인다. 여유롭게 커피를 마시며 신문을 보고 서로 이야기를 나누는 모습이 평화롭기 그지없다. 은퇴 후 나라에서 기초생활을 보장해 주니 금전적 여유가 있어서 그런 것 같다. 젊어서 열심히 일한 대가를 즐겁게 받고 있다고 한다. 음악회를 가도 대부분 나이 드신 분들이 많다. 대부분 연간회원이란다. 열심히 자식들을 키우느라 고생하신 우리 부모님 생각이 났다. 자식들의 부양을 받다 보니 항상 미안함을 안고 노년을 보내시는 어머니와 시아버지가….

반면 이곳에서는 오랜 전통과 학문, 예술 등이 잘 어우러져서 그런지 세대 간의 모습도 조화롭다. 어떤 사람들은 오래된 사회라서 나태하고 발전이 없다고 이야기하지만, 아직 문화 유아기 수준을 못 벗어난 우리로서는 부러운 광경이 자주 눈에 띈다.

타국 생활의 서러움

이사 온 첫 몇 개월은 잘못 사서 버린 물건, 맛이 도대체 요상해서 못 먹는 음식들이 얼마나 많았는지 장보러 가는 것 자체가 엄청난 스트레스였다. 물건 설명이 모두 독일어로 씌어 있고 영어로 따로 표기되지 않아서 한참을 들여다봐야 했기 때문이다. 깨알같이 작은 글씨를 들여다보고 사전을 찾아봐야 겨우 물건을 살 수 있었다.

그날도 마트에서 제품 설명을 한참 들여다보고 있는데 누군가 큰 소리를 질러댔다. '무슨 소리지? 누가 싸우나?' 생각하며 돌아보니, 직원이 다름아닌 나한테 하는 소리였다. 독일어를 못 알아듣는데도 상대가 심각하게 지적하고 있다는 것을 직감할 수 있었다.

동양인들이 물건을 자꾸 뜯어서 꺼내 본다고 하는 것 같았다. 마침 내가 물건을 들고 있으니 '때는 이때다' 하고 소리를 친 것이었다. 독일어를 못하는 나는 너무 당황해서 어찌할 바를 몰랐다. 어설픈 영어로 변명을 해보았으나 도무지 들으려 하지 않았다. 할 수 없이 가게를 나오고 말았는데, 어찌나 속이 상하던지…. 동양인들이 자주 그랬는지는 몰라도 내가 대표로 폭풍 질타를 받고 나니 타국에서 살아가는 서러움이 몰려왔다.

또한 여러 나라 사람들이 모여들다 보니 외국인에 대한 피로감이 갈수록 늘고 있다고 한다. 서양 사람들은 전철이나 버스를 탈 때면 다른 사람과 절대 몸이 부딪치지 않도록 조심하고, 행여나 닿으면 깜짝 놀라며 미안하다고 사과한다. 그래서인지 거리낌없이 몸을 스치는 사람들은 소매치기거나 한국인을 비롯한 아시아인이라는 소리를 많이 듣는다. 이러한 문화적 차이 때문에 외국인에 대한 시선이 곱지만은 않은 것 같다.

드디어
빈 국립음대 본과 입학

드디어 승민이 본과 시험 날짜가 다가왔다! 이론 시험에 합격한 후 실기 시험만을 남겨둔 때였다. 예비과 때와 마찬가지로 올해도 학생을 뽑지 않는다는 소식이 들려왔다. 자리가 없다는 것이다. 다비드도 승민에게 아무래도 예비과를 1년 더 해야 될 것 같다고 말했다.

사실 승민이가 다니고 있는 빈 국립음대는 유럽에서 가장 큰 음악대학이다. 이곳에서는 지휘과 수업도 오케스트라를 실제로 구성해서 수업을 받을 정도다. 모든 악기별 인원이 충분하기에 가능한 일이다. 타악기만의 건물과 연습실, 구비된 악기들만 얼추 보아도 그 규모를 짐작할 수 있다.

승민이는 어린 마음에 "왜 날 안 뽑아 줘? 그러면 다른 학교라도 갈 거야"라면서 잘츠부르크에 있는 모차르트테움을 알아보는 등 난리를 피웠다. 나는 방방 뛰는 애를 진정시켜야 했다. 이제 겨우 이 도시에서 안정을 찾았는데 또다시 다른 곳에 가서 어떻게 자리 잡느냐고, 본과는 대학 수업이라 독일어 때문에 다들 힘들다는 소문이 있으니 천천히 가자고도 타일렀다. 또, 다른 학교에 어떤 선생님들이 계시는지 알 수 없으니 1년 더 예비과에 다니면서 다른 학교 정보도 알아보고, 그 대학 교수 레슨도 받아 본 후 결정하자고 설득했다.

그렇게 아이를 간신히 다독여서 본과 시험을 치르게 했다. 듣기로는 승민이가 간절히 배우기를 바라는 굼핑어 교수는 이번에도 학생들이 많아서 더 이상 신입생을 받을 수 없다고 했다. 최악의 경우 예비과 1년을 더 할 수밖에 없는 상황이었다. 승민이는 제 딴엔 공식적인 수업 없이 레슨만 받으며 지내는 시간이 많이 힘들었던 듯하다. 안타깝지만 어쩔 수 없는 일이었다.

게다가 그 문제 말고도 사건이 하나 더 있었다. 빈트바허 교수가 건강 문제로 레슨을 너무 많이 빠지자, 제자들이 학교에 다른 교수를 영입하든지 대책을 세워 달라고 탄원을 넣었던 모양이다. 승민이도 제자로 등록되어 있으니 선배들이 내용을 설명해 주면서 사인을 하라고 했단다.

교정에서 연습하고 있는 승민이.

사실 승민이는 빈트바허 교수가 못 가르치는 시간에 현직 빈 필하모닉 연주자 선생님들에게 직접 배울 수 있어 별 불만이 없었지만 모두의 의견을 모은다는 분위기였기에 그냥 사인을 했다고 한다. 그 사인이 어떤 의미를 갖는지 전혀 모르고….

그런데 몇 개월 사이에 빈트바허 교수의 건강이 신입생을 받을 수 있을 만큼 호전되었다. 굼펑어 교수는 학생들이 너무 많아서 받을 수 없었지만, 빈트바허 교수는 건강상의 이유로 한동안 학생들을 받지 않기에 이번 학기에 세 명 정도를 새로 받을 수 있게 되었다.

우리는 그 사실을 입학시험 며칠 전에야 알게 되었다. 문제는 승민이의 사인이었다. 교수에 대한 불만에 동의한 것이기 때문에 감정적 보복을 당하지 않도록 학생을 보호하기 위해 졸업 때까지 사인한 교수에게는 배우지 않게 하는 게 이 대학의 방침이라고 했다. 얼마나 환상적인 배려인가!

하지만 승민이는 시험에 합격해도 지도교수가 없어 배울 수 없는 상황이 되고 만 것이다. 시험 3일 전 만난 다비드는 승민에게 일단 시험 잘 보라고 격려하면서 함께 걱정해 주었다. 무심코 한 사인이 그렇게 큰 의미가 있을 줄이야.

나의 판단으로는 입학 자체가 아예 불가능할 것 같았다. 예비과를 1년 더 해야 하는 것이 확실해 보였다. 그래도 최선을 다해 실기

유럽에서 가장 큰 음악대학인 빈 국립음대는 타악기만의 건물과 연습실을 갖추고 있다.

시험을 보라고 아이의 용기를 계속 북돋아 주었다. 내 기도는 '합격하게 해주세요'가 아니었다. 매번 숨막힐 듯한 위기를 맞이할 때마다 이 난관을 포기하지 않고 두려움을 이기며 죽을힘을 다해 뚫고 나가는 용기를 갖게 해달라는 것이었다.

시험 보는 날에도 나는 기도했다. "주님! 이곳에 함께 계시지요? 붙기 위한 욕심의 시간이 아니라 가진 것을 멋지게 보여주는 시간이 되도록 해주세요!"

그렇게 본과 실기 시험이 끝나고 합격 여부를 예측할 수 없는 혼돈과 긴장의 하루가 지나갔다. 마침내 다비드로부터 전화가 왔다.

"승민, 축하해! 네가 1등으로 합격했어! 그리고 학교와 협의가 잘 돼서 굼핑어 교수님이 너를 데려가기로 했단다. 나는 네가 자랑스러워!"

우린 기뻐서 환호를 질렀지만 그러면서도 귀를 의심했다. 혹시나 해서 합격자 발표가 날 때까지 입을 닫고 있기로 했다.

다음 날, 정말 합격자 맨 위에 승민이 이름이 있었다. 아, 이런 순간이 오다니! 이렇게 또다시 자리가 마련될 수 있다니! 빈 국립음대 타악기 전공에 아시아계로는 최연소 1등 합격이었다. 난 그날 벅차 오르는 감동과 기쁨을 긴 감사 기도로 담아냈다.

오케스트라로 배운
어깨동무

오케스트라에서 타악기는 곡마다 매우 다양하게 요구된다. 팀파니·스네어를 제외한 다른 타악기들도 연주해야 한다. 보통 한 사람이 여러 타악기를 다루어야 하고, 어떤 곡은 300마디를 기다린 후에야 들어가기도 한다. 끊임없이 등장하는 바이올린은 활을 그을 때마다 10원, 20원 하지만, 가끔 등장하는 타악기는 한 번에 10만 원 하면서 울린다는 우스갯소리마저 있을 정도다.

　그렇게 임팩트 있는 악기다 보니 자칫 타이밍을 놓치면 큰일이 난다. 긴 시간 동안 가끔 소리를 내더라도 전체 곡을 완전히 이해하고 있지 않으면 안 된다. 곡의 템포와 색깔, 클라이맥스를 책임져야 하기 때문이다. 타악기의 세계는 빠져들면 들수록 무한한 매력

비치코프 지휘로 말러 교향곡 5번 연주 후 인사하는 타악기 그룹(위).
비치코프 지휘자와 함께한 승민(아래)..

덩어리임을 알 수 있다.

평범한 게 싫어서 늘 주목받기를 원하고, 그래서 엉뚱한 제스처와 말이 많았던 승민이. 그런 아이가 많은 사람들과 호흡을 맞춰야 하고, 상대를 배려하고 소통해야 하는 오케스트라 활동에 엄청난 매력을 느끼며 열정을 쏟아내고 있는 게 얼마나 놀라운 변화인지. 그 모습을 볼 때마다 나는 눈시울이 뜨거워진다.

한국에서 악기 공부는 거의 솔리스트를 목표로 이루어지는 데 반해, 이곳 오스트리아에서는 대부분 오케스트라 연주를 위한 것이다. 누구 하나가 돋보이기보다는 서로 섞이고 어우러져서 하나의 메시지를 전달하는 것이다. 그래서 우리 아이의 성향과는 맞지 않는다고 생각했는데, 지금의 승민이를 보고 있으면 나도 내 아이를 정말 다 모르고 있었다는 생각이 든다.

하긴 타악기 연주는 한 종류 악기를 여럿이 함께 하는 것이 아니라서 어찌 보면 솔리스트 연주처럼 들릴 때가 많다. 그런 매력이 더해져서 승민이가 어쩌면 더 열정적으로 오케스트라에 빠져들었는지도 모르겠다.

나도 덩달아 타악기의 매력에 푹 빠져 감탄을 금치 못하고 있다. 이 책을 통해 타악기에 대해 자세히 소개해 보려는 거창한 포부를 품었는데 승민이는 손사래를 치며 동의하지 않았다. 이제 막 발을 들여놓은 타악기 세계일 뿐, 그 경이로움을 어떻게 몇 페이지로

표현할 수 있냐는 생각이었다.

　이제는 타악기란 무엇인지, 승민이 경험과 이야기를 승민이가 기록하고 내가 독자가 되어 맛보는 그날을 기대해 볼 뿐이다.

무거운 가방의
두 얼굴

승민이 가방은 너무나 무겁다. 왜 그렇게 무겁냐고 물으니 "언제든 연주해야 되잖아"라고 대답한다. 언제 연주를 하게 될지 모른다는 생각에 무거운 악보와 채들을 다 넣고 다니는 것이다. 나는 그게 너무나 바보 짓 같아 "승민아, 오늘 연습할 것만 가져가"라고 노래를 불렀다. 가방이 얼마나 무거웠으면 허리통증까지 왔을까. 정말 미련한 짓이었다. 하지만 승민이는 그게 "자기 의지의 무게"라며 아직도 고집을 꺾지 않는다.

그러고 보니 무거운 가방 때문에 위기를 넘긴 일도 있었다. 경원대 콩쿠르가 열리던 날, 나는 안 가고 승민이만 혼자 갔는데 예선에서 팀파니를 연주하라고 했단다. 내가 요강을 잘못 파악해서 승민

승민이 가방은 무겁다. 언제 어떤 연주를 할 줄 몰라 무거운 채들을 들고 다니기 때문이다..

이는 스네어가 예선, 마림바가 본선인 줄 알고 갔는데….

순간 당황했지만, 승민이는 즉석에서 팀파니를 연주하여 본선에 진출할 수 있었다. 연주할 채가 가방 안에 있었기 때문이다. 평소에 악보와 채들을 다 넣고 다니는 무거운 가방 덕분에 통과할 수 있었던 셈이다. 승민이 말이 맞았다. 자기가 언제 어떤 연주를 할지 모르니 다 들고 다니겠다는….

지금도 방학이 되어 빈에서 한국으로 올 때면 아이의 짐이 여전히 무겁다. 책과 채들을 모조리 가져오니까. 예전엔 "뭐 하러 이런 것 다 가져왔니?"라고 했는데, 이젠 그러지 않는다. 그 애 말대로 언제 필요할지 모르니까.

어렸을 때는 자기 책가방이 무겁다고 질질 끌며 멀리서부터 축 늘어져서 오더니 세월이 지나면서 이렇게 달라졌다. 하고 싶은 걸 하며, 그것을 통해 자존감을 회복한 아이는 아무리 무거운 가방이라도 기꺼이 들고 다닌다.

궤도 밖에도 **길은 있다**

주빈 메타와 함께한
꿈의 무대

빈 국립음대는 학교 프로젝트 연주를 4회 참가해야 하는 필수 과정이 있다. 오페라 공연과 뮤직페라인에서의 연주 등이다. 그런데 명성 높은 지휘자가 초빙되면 참가 인원이 많아 경쟁률이 꽤 높다. 운 좋게도 두 해 연속 참가하게 된 승민이는 세기의 거장들과 함께 연주하는 영광을 누리게 되었다.

첫 번째는 세묜 비치코프Semyon Bychkov가 지휘한 연주였고, 두 번째는 주빈 메타Zubin Mehta가 지휘한 연주였는데, 두 번 모두 1월 1일 빈 필하모닉의 신년 음악회로 명성이 높은 뮤직페라인 황금홀에서 열렸다.

특히 주빈 메타 지휘로 안톤 베베른의 오케스트라를 위한 6개 곡

주빈 메타가 지휘한 빈 국립음대 음악회. 특히 안톤 베베른의 오케스트라를 위한 6개 곡 중 네 번째 곡은 주빈 메타와 승민이의 큰북이 서로 호흡하며 시작했다. 아래는 연주회 전 리허설 장면.

Sechs Stücke für Grosses Orchester-Anton Webern을 연주할 때 타악기의 역할이 매우 컸다. 그중에서 네 번째 곡은 주빈 메타와 승민이의 큰북이 서로 호흡하며 시작되고, 계속되는 큰북의 연주에 다른 타악기가 하나씩 더해지는 곡이었다.

큰북과 승민 그리고 주빈 메타….

엄청난 떨림과 감동이 밀려왔다. 순간 우리가 오스트리아에 첫발을 내디뎠을 때 이 홀 앞에서 '과연 이곳에서 내가 연주할 날이 있을까?' 하던 승민의 말이 떠올랐다. 그 자리에 서기까지의 두려움과 좌절 그리고 기쁨들이 마치 한 편의 파노라마처럼 스쳐지나갔다. 오래도록 잊을 수 없는 순간이었다.

봄날을
날다

2016년 한국에서라면 고등학교 2학년인 만 16세 가을, 본과에 입학해 드디어 대학 생활을 시작한 승민은 음악사, 음악학 개론, 악기론 등의 수업을 들었다. 독일어로 하는 수업이라 어려움이 많았다. 예비과를 하면서 독일어를 충분히 배워두길 참 잘했다는 생각이 들었다. 녹음을 하고 수업이 끝나면 기록이 빠진 곳을 적어 넣고 하면서 매 시간 죽을힘을 다해 학업을 겨우겨우 이어 나갔다.

굼핑어 교수의 열정적이고 성실한 레슨은 승민이의 갈증을 채우고도 남을 만큼 충분했다. 게다가 최고의 악기들이 있는 훌륭한 연습실에서 마음껏 연습할 수 있으니 얼마나 행복한가. 반주가 필요한 연주나 수업에는 전담 선생님이 있고, 반주비를 따로 낼 필요도 없다. 뿐만 아니라 어떤 레슨도 별도로 돈을 내지 않는다. 악기 사무실이 따로 있어 신청한 악기를 제공해 주고 설치해 주니 악기를 옮기기 위해 애쓸 필요도 전혀 없다. 다비드가 이끄는 드럼라인 (크기가 다른 여러 개의 북과 타악기들이 조합된, 행진 리듬을 위한 앙상블) 에서 리더를 맡은 승민은 음악을 위한 최고의 환경과 분위기에서 날고 있다.

수업에서 만난 이들과도 친구가 되어서 많은 도움을 받았다. 같이 수업을 받는 사람들 중에는 다른 전공을 하다 온 사람들도 꽤 많았다. 바이올린을 전공하다 법학으로 전과를 했지만 교양과목으로

다비드가 이끄는 드럼라인에서 리더를 맡은 승민은 최고의 음악 환경에서 날고 있다..

클라스 아벤트에서 연주하고 있는 승민.

음악 관련 수업을 듣는 스물여덟 살 형, 경제학을 전공하다 음악이 너무 하고 싶어서 새로 입학한 스물네 살 형 등….

한국에서 전공을 바꾼다는 건, 그것도 음악에 새롭게 도전하는 것은 너무나 어렵고도 흔치 않은 일이다. 기존의 무리에 들어갈 수 없는 정신적 스트레스가 많아 더욱 그렇다. 그런데 그런 것들이 여기서는 아무렇지도 않게 선택할 수 있는 일이라는 게 참으로 놀랍고 신기했다.

어느 주말엔가 승민은 같이 수업 받는 형으로부터 하우스 연주가 있으니 놀러오라는 제안을 받았다. 하우스 연주? 귀족인가?

그날 늦게 돌아온 승민이는 너무 신기하고 놀라워하면서 흥분을 감추지 못했다. 간단한 먹을거리를 갖고 간 그 집은 자취하는 한 학생의 집이었는데, 그날 모인 여섯 명이 모두 한 곡씩 악기 연주를 하더란다. 개중에는 변호사도 있고, 과학도도 있고, 음악 전공자도 있었는데 편하고 즐겁게 서로 음악을 나누는 모습을 보고 큰 충격을 받았던 것이다. 한 달에 한 번 정도 만나 각자 연습한 곡을 연주하고 즐기는 모습이 너무도 건강하고 부러웠던 것이다.

그 이후로도 가끔 모임에 가는데, 그때마다 번갈아 연주하고 악기를 서로 바꿔 해보면서 즐겁게 논다고 했다. 물론 그렇게 마음 편히 놀 수 있는 것도 이곳의 집들이 늦은 시간까지 악기를 갖고 놀 수 있을 만큼 방음이 잘 되어 있으니 가능한 일이겠지만 말이다.

세계적 마림바 연주자
케이코 아베 교수의 레슨

일본의 케이코 아베 교수는 세계적인 마림바 연주자이자 작곡자이다. 팔십이 넘은 나이지만 케이코 아베 교수는 아직도 세계 여러 나라를 다니며 연주하고, 세미나를 개최하며, 후학을 양성하고 있다. 세계 여러 나라, 특히 일본과 한국의 타악기 연주자들은 케이코 아베의 말렛으로 그녀의 수많은 곡들을 연주하고 있다.

그런데 얼마 전 다비드가 승민이에게 케이코 아베 교수에게 레슨을 받아 보겠느냐고 물었단다. 우리는 잘 몰랐지만 다비드는 케이코 아베 교수와 각별한 사이였던 모양이다. 승민이로서는 한 번도 상상해 본 적이 없는 일이었다. '마림바의 어머니'로 불리는 케이코 아베 교수에게 레슨을 받을 수 있는 기회가 생긴다는 말에

다비드의 소개로 승민은 지난 1월 일본으로 가서 케이코 아베 교수(가운데)의 레슨을 받고 왔다. 아베 교수는 '마림바의 어머니'로 불리는 세계적인 마림바 연주자다.

승민이는 흥분을 감추지 못했다.

그 후 다비드는 약속대로 아베 교수에게 메일을 보냈고, 흔쾌히 승낙을 받아냈다. 그리고 지난 1월 승민은 일본으로 가서 아베 교수에게 레슨을 받고 음악가로서의 삶과 미래에 대해서도 이야기를 나누었다.

"이곳 사람들은 아무것도 바라지 않고 뭘 해준다"며 의아해하던 승민이는 또 한 번의 소중한 기회를 부여받았다.

우간다 민속 타악기 팀과의
합주

우리나라에서는 통영국제음악제, 대관령국제음악제, 제주국제관악제 등이 개최되고 있지만, 아직 국제 타악제는 열리지 않고 있다. 언젠가는 국제 타악제가 우리나라에서도 열리는 꿈을 꾸고 있다.

승민이가 예비과 다닐 때 빈 국립음대에서 아프리카 우간다 민속 타악기 팀을 초청해서 세미나도 하고 서양 타악기와 아프리카 민속 타악기가 어우러진 음악회를 한 적이 있다.

승민이는 우간다 팀과 함께 연주하면서 그들의 뛰어난 리듬감에 너무나 놀랐다고 했다. 더욱이 악보를 전혀 볼 줄 몰라서 같이 합주하는 일이 무척이나 드라마틱했다고 한다. 또한 홀에서 연주할 때 관객들이 앉아서 자기들을 보는 것 자체를 너무나 이상해하고,

예비과 다닐 때 빈 국립음대가 초청한 우간다 민속 타악기 팀과 함께 연주하고 있는 승민.

이해하기 힘들어했다고 한다.

　우간다에서는 같이 춤추고 두드리는 일이 일상인데, 무대 자체가 얼마나 이상했을까? 지금도 그들의 어색해하고 낯설어하던 무대 위 모습이 가끔 떠오른다.

　학문으로 배우지 않아도 인간 안에 이미 존재하고, 삶과 분리되지 않는 음악. 특히 타악기는 심장 박동처럼, 빗방울 소리처럼 우리 안과 밖에서 항상 함께하고 있는 게 아닐까?

나쁜 아이는
없다

오스트리아에서는 만 16세가 되면 술과 담배가 허용된다. 처음 그곳에 도착했을 때, 아이가 담배를 피우지 않게 하는 것이 가장 힘든 일일 수도 있다는 생각을 했다. 역마다 사람들이 어찌나 담배를 심하게 피우고 있는지 전철을 타러 갈 때면 숨을 잠시 참고 지나가야 했다. 시내 중심가에서도 매연이 없는 이 도시에 유일한 대기오염 원인이 담배 연기가 아닐까 싶을 정도였다. 유럽의 첫 인상이 담배로 기억될 정도이다 보니 여기서 내가 아이에게 담배 피우지 않도록 말릴 방법이 없겠구나 싶었다.

마음을 비웠다. 담배는 중독성이 있으니 시작을 신중하게 해야 하고, 왜 피우는지 정확히 알고 선택하라고 할 수밖에 없었다. 나는 아이가 금방 담배를 따라 피울 줄 알았다. 그런데 놀랍게도 아직까지 안 피우고 있다.

우리나라에서는 담배 피우는 아이들을 아예 나쁜 사람 취급을 한다. 사회 공통의 약속, 즉 만 18세 성인이 되기 전에는 피우지 말라는 규정을 만들어 놓고 그것을 안 지킨 아이에 대해서는 질 나쁜 아이, 양아치, 심지어 죄인 취급을 한다. "공부 못하는 애들이나 담배를 피우지"라는 인신공격도 서슴지 않는다.

그런 인식이 더욱 담배와 함께 탈선이라는 유혹으로 아이들을 몰아넣는 게 아닐까? 나는 청소년이 담배를 피웠다고 해도 질 나쁜 애라서 그랬다고만은 생각하지 않는다.

승민이도 중학교 때 담배에 호기심을 느꼈던 것 같다. 피워 보기도 했다고 한다. 그걸 가지고 연습실 선배들이 자신을 궁지로 몰았다고 했다. 연습실에서 선배들과 잘 지내지 못하게 된 결정적 원인 중 하나였다.

그런데 지금은 정작 담배를 피워도 누구 하나 뭐라고 하지 않는 곳에 살지만 자기 스스로 안 피운다. 예전에는 어른들이 막무가내로 못 하게 막으니까 더 피우고 싶었던 것 같다. 못 하게 하면 더 하고 싶은 묘한 사람의 심리와 금지된 선을 넘었을 때 바라보는 친구들의 부러움을 만끽하고 싶은 사춘기 아이들이 흔히 저지르는 실수다.

술도 마찬가지다. 숨어서 마시는 게 더 나쁘지 않을까. 우리나라에서 열일곱 살짜리 아이가 술 마시고 늦게 왔다면 아마 난리가 날 것이다.

그런데 이곳 오스트리아에서는 만 16세부터 술을 마실 수 있다. 어쩔 수 없이 나도 아이의 음주를 허락했다. "아빠 앞에서 배워야 하는데…"

하며 은연중 잔소리 아닌 걱정을 섞어 가며 교육을 했다. "술은 마셔도 좋지만 예전에 그 삼촌 기억 나니? 그렇게 술을 마시니 주위 사람들이 싫어했지? 술은 즐겁게 얘기 나누는 자리를 위한 양념일 뿐이라는 거 항상 기억해야 해~ 난 널 믿는다!"면서.

이곳에서는 연주가 끝나면 대부분 뒤풀이하며 술을 마신다. 안주를 따로 시키는 일도 별로 없고 그냥 맥주 한 잔 놓고 이야기를 나누는 그런 자리다.

승민이가 이런 술자리를 함께하며 얻은 뜻밖의 소득은 언어가 급속히 늘었다는 것이다. 술 매너도 좋게 배워 가고 있다. 강제로 못 하게 하고 '나쁜 아이'라고 낙인찍는 것보다 본인의 선택을 존중해 주면서 어른 대접을 해주니 더 신중하게 행동하는 모습을 보이는 것 같다. 미리 그렇게 스스로 결정할 기회를 준다면 좋을 텐데, 자라나는 청소년을 일방적으로 통제하고 닦달만 하는 우리 문화를 보면 안타깝다.

다른 문화 속에서
배우는 깨달음들

나이가 어떻게 되나요?

승민이는 제 나이와 달리 무척 어른스러워 보인다. 중학교 때인가 미용실에 갔는데 "고등학생이죠?" 하고 물었을 정도다. 승민이가 당황해서 "아니오" 했더니 "그럼 대학생?" 하고 다시 물었단다. 그 후로 승민이는 사람들이 자기를 어리게 봐주는 것에 대한 소망을 포기했다.

그런데 이곳 빈에서는 오히려 성숙해 보이는 점 때문에 이득을 보고 있다. 대부분 일고여덟 살이 많은 형·누나들과 만나서 공부하고 함께 연주할 일이 많기 때문에 나이 들어 보이는 외모가 오히려 장점이 된 것이다.

하지만 꼭 어른스러운 외모 때문이랴. 관찰해 보니 그들 사이에서는 자신보다 나이 어리다고 막 대하는 분위기가 없다. 승민이가 지금처럼 편해진 건 나이에 큰 의미를 두지 않는 수평적 분위기 때문일 것이다. 그들에겐 한 사람의 실력, 재능, 노력과 지금 하고 있는 일 자체가 더 중요하다. 서로의 배경이나 나이가 거의 무의미한 것이라는 걸 우리는 여기서 보고 느끼며 경험하고 있다. 이런 게 평등이란 걸까.

아이는 늘 즐거이 소리친다.

"엄마, 정말 신기해! 여기 교수님과 친구들은 뭘 바라지 않고 나를 연주에 추천해 주고 좋은 캠프도 소개해 주네."

존중받으니 자율성이 생기더라

외국에 나오니 매사에 자기 주도적인 사람이 되는 것 같다. 자기가 선택한 거니까 본인들도 잘 지키려고 노력한다.

오스트리아에서는 차를 탈 때 우리처럼 티켓을 사거나 교통카드를 찍지 않는다. 하루 또는 일주일, 한 달, 1년치 중 자신의 상황에 맞는 티켓을 사서 들고 다니기만 하면 된다. 그 기간에는 어느 교통수단이든 이용할 수 있는데, 따로 확인하는 절차 없이 자유롭게 타고 내린다. 대신 티켓은 언제나 가지고 다녀야 한다. 가끔 지하철 입구나 버스 안에서 티켓 검사원이 확인하는데, 그때 무임승차로

클라스 아벤트가 끝나고 나서 인사하는 모습(위). 연주회가 끝난 뒤 열린 리셉션에서(아래).

걸리면 몇 배의 요금을 벌금으로 물어내야 하기 때문이다.

이런 시스템은 짐을 갖고 다닐 때 일부러 지갑을 꺼내 찍어야 하는 번거로움이 없어 너무 편하다. 스스로 선택하고 규칙도 알아서 지키자는 문화다. 규정을 지키는 게 다른 사람으로부터 매번 검사를 받아야 하는 수동적 입장이 아니라 자율적인 사회 구성원으로서 주도적 입장을 인정받고 있는 것 같아서 기분이 절로 좋아진다.

연주회는 돈 내고 보는 것

승민이가 첫 연주회를 한다는 얘길 들었을 때 '빈에서 연주라니!' 하는 마음에 기대도 되고 떨리기도 했다. 공대 학생들과 객원 연주자들로 이루어진 아마추어 오케스트라 정기 연주회였다. 독일어도 아직 잘 못 알아듣는 승민에게 연주하자고 손을 내민 선배는 지휘자의 말을 일일이 영어로 통역을 해주었다.

그 연주회에 나는 독일어 학원에서 알게 된 친구의 가족을 초대했다. 그 친구는 남편이 항공사 지사장으로 근무하고 있어서 아이들이 빈에서 학교를 다니고 있었다. 음악회에 가볼 기회가 없었다며 승민이 연주회를 무척 오고 싶어 했다. 나는 연주회 직전 현장에서 승민이를 만나 초대권을 받아 함께 들어가려 생각하고 있었다.

드디어 연주회 날이 다가왔다. 그런데 리허설을 하러 먼저 나간 아이에게서 전화가 걸려왔다.

빈 뮤직페라인 연주자의 문으로 들어가는 승민. 과연 이런 날이 올 거라고 상상이나 했을까.

"엄마, 연주자한테도 초대권이 안 나온대요. 필요하면 누구든 사야 하는 것 같아요. 어쩌죠? 한 명당 25유로래요."

나는 한국에서 아주 유명한 연주회가 아니고는 거의 초대권으로 다녔기 때문에 티켓을 사야 한다는 생각을 전혀 못 하고 있었다. 더구나 아마추어 대학 오케스트라였으니 말해 무엇하랴. 함께 가기로 한 그들에게 어떻게 말하나, 고민을 하다가 과감히 결정을 내렸다.

'그래 맞아. 티켓을 사서 연주를 봐야지. 알게 모르게 나도 나쁜 습관이 몸에 배어 있었네.'

나는 그들 몰래 티켓을 사서 함께 연주회장으로 들어갔다. 친구 가족에게 초대권을 주지 않아 샀다고 말하면 부담스러워할 테라 초대권이라고 거짓말하고, 승민에게는 그 가족이 샀노라고 말했다. 새로운 문화를 배우는 레슨비를 지불한 것이라고 생각했다. 그 후로도 계속 만남을 이어가고 있는 그 친구는 아직도 그 사실을 모르고 있다. 승민이 또한 이 책을 읽으면서야 알게 될 것이다.

그 뒤로 나는 승민이가 참가하는 연주회의 티켓을 꼭 산다. 다른 곳에 가서야 겨우 깨닫게 된 이런 습관이 우리에겐 얼마나 많이 있을까.

4
아니다 싶으면
판을 바꿔라

나는야 전방위
1:1 멘토

빈에서 나는 아이의 사회 선생님이자 경제 선생님이고, 연애·음악 등 무수한 삶의 이야기를 들려주는 이른바 '멘토'이다. 지식을 주입시키고 가르치려 드는 것이 아니라 같이 의논하고 토론하는 식으로 이야기를 해나간다.

엄마가 자기 아이에게 뭐든 해주고 싶어 하고 헌신하는 건 너무나 당연하고 본능적인 일일 것이다. 그 방법이 사람마다 다르겠지만, 아무래도 음악에 치우칠 수밖에 없는 승민에게 엄마의 지난 이야기를 들려주는 건 소박하게나마 삶의 철학과 가치관을 세워 나가는 일이라 생각했다.

아이에게 가끔 "엄마는 왜 명품을 사지 않느냐"는 질문도 받는

다. 그럴 때면 "엄마가 입고 든 건 사람들이 다들 명품인 줄 알더라. 그럼 된 거 아니야? 난 솔직히 무거운 걸 싫어하는데 명품 옷이나 가방은 다 무겁더라구. 그래서 안 사. 난 싸지만 유행도 즐길 수 있는 그런 패션이 더 좋아. 명품보다는 장소와 때에 맞게 적절한 옷을 입는 센스가 더 중요한 거 같아"라고 대답해 준다.

"아빠 하시는 사업은 어떻게 운영되고 이익을 내요?"라는 질문이나 "엄마는 5·18 광주항쟁을 기억하지요? 그것에 대해서도 좀 말해 주세요"라는 질문도 받았다.

그렇다 보니 때에 따라 나는 사회 선생님도 됐다가 국어 선생님도 됐다가 도덕 선생님도 돼야 한다. 좋은 대답을 해주려면 생각을 해야 하고 사실도 확인해야 해서 때론 귀찮을 때도 많다. 그럴 때면 '맞아, 내가 아이에게 이런 걸 해주려고 함께 왔던 거지'라는 생각으로 다시 책을 읽고 찾아보며 공부를 한다.

또한 아이에게 생활의 기술을 알려주는 멘토이기도 하다. 빨래를 효율적으로 널고 개는 방법도 알려주고, 다림질하는 방법도 일러준다. 떡국·불고기·미역국같이 과정이 단순한 요리는 실제로 어떻게 하는지 보여주면서 하나하나 가르친다. 용돈을 어느 정도 쓸지 서로 상의하며 한 달 지출 비용을 결정하고 실행 결과를 지켜보기도 한다. 이런 게 부모가 맨투맨으로 가르쳐야 하는 진짜 산교육이 아닐까.

승민이는 어렸을 때부터 책 읽는 것보다 몸을 움직이는 바깥활동을 좋아해서 일방적으로 책 읽기를 강요하기가 무척 힘들었다. 그러나 이곳 빈의 학교 연습실은 오후 9시면 문을 닫고 일요일이나 휴일에는 아예 문을 잠그기 때문에 여유로운 시간이 많이 생겼다. 어느 날부터인가 내가 읽으라고 슬쩍 놓아둔 책에 아이가 손을 대기 시작했다. 책력을 키우기 위해 처음에는 단편소설들이 실린 월간 잡지를 사다 주었는데 점점 그 단계가 높아지고 있다.

유명 강좌들을 인터넷으로 보라고 권하기도 한다. 특히 법륜 스님의 100개 도시 순회강연이 좋더라고 했더니 엄마는 종교가 다른데 스님의 글을 보냐고 의아해했다. 종교와는 다른 차원의 가르침이고 선생님의 말씀으로, 무수히 많은 공부를 하고 책을 읽은 스님의 지혜를 돈도 안 내고 얻을 수 있으니 얼마나 횡재냐고 꼬드겼다.

아이는 1년쯤 지난 후, 자기가 혼자 지낼 때 정신적으로 힘든 일이 좀 있었는데 스님의 글이 자신의 고민을 달리 생각하게 만들었다면서 "엄마 말이 좀 맞네~"하기도 했다. 그 뒤로는 자주 읽는다고 했다.

그 밖에도 승민이는 음악 관련 서적들을 읽는다. 그중에는 『Talent is Overated』란 책도 있다. 그 책은 오래전 나 스스로 재능이 없다고 느끼며 절망에 빠졌을 때 재능보다 노력이 더 필요하다는 구절로 큰 힘이 되어 준 책이다. 지금은 승민이가 자신의 재능에 취해 우쭐해질 것을 경계하며, 재능은 너무나 작은 부분임을 생각해 보게 하는 책이다.

남편과 나는 늘 실패하고 힘들 때 일어서는 능력을 키워 주는 것이 자식 교육의 핵심이라고 여겨 왔다. 아이가 앞으로 독립해 혼자 살아갈 때 수많은 좌절과 갈등을 겪을 텐데, 그때마다 이렇게 책에서 읽은 한 줄의 글귀에서 용기와 지혜를 얻기를 소망한다.

아이의 고백

빈에서 승민이와 지내게 된 시간들은 나에게 많은 긍정적인 변화를 가져왔다. 그중에서도 가장 큰 변화라면 대화를 많이 나눌 수 있는 여유를 갖게 된 것이다. 승민이가 어릴 때 나는 왜 그 아이를 좀 더 잘 이해하지 못했을까?

글을 써내려가면서 옛 기억을 되살리고 있는 요즘에 와서야 "엄마인 나는 그때 너의 이런이런 점들이 힘들었어"라고 솔직히 고백했다. 그러자 승민이도 그때 차마 말하지 못했던 옛이야기를 들려주는 것이 아닌가.

"엄마, 난 그때 어디에든 소속이 돼서 그 무리에서 중요한 사람이 되고 싶었던 것 같아. 공부하는 애들 무리에서는 나도 공부 잘

하고 싶었고, 욕도 쓰면서 힘자랑하는 애들 무리에서는 또 나도 그렇게 하고 싶었어. 운동 잘하는 애들 사이에서는 운동을 잘하고 싶어서 엄청 덤볐어. 그러다 보니 방황 아닌 방황을 한 거 같아. 내가 덩치가 좋으니 힘도 세잖아. 힘자랑도 하고 싶었지. 담배 피우는 애들 사이에 가면 거기 어울리려고 엄마 몰래 담배도 피웠어.

나 사실 엄마가 생각하고 있는 그런 모범생이 아니었어. 음악을 하게 되고 나서도 한동안은 계속 방황했어. 음악 연습이 힘들었다기보다는 무리에 끼지 못했던 게 너무너무 힘들더라고. 그런데 이곳에 오니 시스템이 건강한 것 같아 무엇보다 기뻐. 모두들 주체적인 사람으로 살아가는 것 같아. 나 같은 어린애도 열심히 하니까 존중받고 인정을 받는 게 참 놀라워. 그래서 더 잘하고 싶고, 배우는 것도 더 많아지는 것 같아. 삐뚤어지게 행동했던 지난 시간이 엄마에게 미안할 만큼 행복해졌어.”

아이의 고백을 들으며 눈시울이 뜨거워졌다. 자신이 예전에 담배 피우고 남들에게 힘자랑하고 나쁜 일도 했었다는 걸 엄마가 전혀 모르니 알게 모르게 죄책감에 시달렸던 것 같다. 그래도 별다른 내색 하지 않고 충분히 이해하는 척 자연스럽게 말을 이었다.

“아들아, 솔직하게 얘기해 주는 네 마음이 눈물 나게 고맙다. 너도 항상 그런 죄책감으로 마음의 짐이 있었구나. 몰랐네. 이제는 그 짐을 내려놓으렴. 엄마도 네 마음을 더 알게 되어서 얼마나

빈에서 승민이와 생활하면서 가장 기뻤던 것 중 하나는 대화를 많이 하게 됐다는 것이다.

기쁜지 몰라."

그 얘기를 나누고 난 날, 이제껏 우리 아이를 너무나 모르고 살았구나 하는 생각으로 마음 한구석이 뻥 뚫린 것 같아 쉽게 잠을 이루지 못했다.

"영어 못하는
엄마라서 창피해?"

승민이와 잘 지내기만 한 건 아니다. 종종 갈등도 겪었다. 특히 클라스 아벤트(학기말 연주회)를 가면 아이는 연주하고 나는 청중석에 앉아 있어야 했는데, 내가 영어를 잘 못하니까 그걸 많이 불안해했다. 그 때문에 "왜 그게 창피해?" 하며 신경전을 벌인 적도 있다. "언어를 안 배우면 잘 못하는 거지, 그게 그 사람 수준은 아니잖아. 엄마는 엄마가 아는 대로 그만큼 하는 거야" 하면서 큰소리치기도 했다.

아이는 내가 다른 사람들처럼 교수들한테 영어로 유창하게 이야기하지 못하는 것에 대한 아쉬움이 있었던 것 같다. 아이가 그러면 왜 그렇게 섭섭하던지…. 남편에게 전화가 오면 하소연을 하곤 했다.

하루는 승민이와 그 문제를 대화 주제로 삼아 적극적으로 이야
기를 나누었다.

"그건 창피한 게 아니야. 우리나라 교육이 영어를 잘 못하는 걸
수치스럽게 느끼도록 배웠기 때문이지. 엄마는 듣고 말하는 언어
가 아니라 단어를 외우고 문법 위주로 배워서 회화를 잘 못하는
거야."

그러자 승민이도 나중에 결혼해서 애를 낳으면 절대로 글자로
언어를 가르치지 않겠다고 말하는 것이었다.

누가 우리 아이들을
병들게 하는가

한국에 있는 승민이 친구들은 지금 고3이다. 그 엄마들이 요즘 난 리다. 그들의 상황에 비하면 난 미안할 정도로 행복하다. 승민이도 한국에 그냥 있었더라면 대학을 잘 갈 수 있었을까. 미리부터 안 될 거라고 지레 걱정했던 과거도 있었지만 지금은 아이의 자존감 이 많이 높아졌다.

오랜만에 승민이 친구 엄마들과 차 한 잔을 하며 얘기를 나누다 자유학기제에 대한 이야기를 듣게 되었다. 시험이 없는 대신 그룹 별로 직업을 탐구하며 알아가는 시간으로, 말 그대로 자유로운 학 기를 보내는 게 목적이라고 했다.

그런데 실상은 탐방할 직업과 장소를 알아보는 건 아이들이 아니란다. 그 프로그램 준비를 모두 엄마들이 해주어야 한단다. 소위 간판이 좋다는 의사. 변호사, 건축설계사 같은 직종을 가진 분들과 연결해서 진행한다고 했다.

그 얘기를 들으니 마음에 뿔이 났다. "버스운송회사나 택배회사 같은 곳에 가면 사회 흐름도 보이고 좋을 거 같은데 꼭 몇몇 아이들에게만 해당하는 특수 업종에 찾아가다니 아쉽네" 했더니 "언니, 그런 말 마세요! 어떤 그룹은 미용실로 직업 탐방을 갔다가 난리가 났대요. 같은 그룹 다른 엄마들이 왜 그런 곳엘 가느냐고 엄청나게 불만을 얘기하고, 항의를 했대요."

헉! 내가 몇 년째 다니고 있는 미용실은 남다른 재능과 감각으로 모범적이고 부러운 직업세계를 보여주는 곳인데, 왜 그런 편견을 갖고 있는 건지 참 놀랍고 안타까웠다.

게다가 자유학기에는 시험을 보지 않는다는 이유로 또 다른 부작용이 생기고 있단다. 오히려 여유로울 때 고입 준비를 해야 한다며 더 많은 학원 스케줄을 잡는다나. 자유학기제가 끝나면 고등학교는 그런 제도와 상관없이 예전과 똑같은 방법으로 대학 입시를 치르니 그럴 만도 했다.

가슴이 무너진다. 바로 어른인 우리가 아이들을 병들게 하고 사회를 망치는 주범이구나 싶다. 이 어리석음을 도대체 어디서부터 어떻게 고쳐야 할까.

아니다 싶으면
판을 바꿔라

돌아보면 나 역시 맹모삼천지교처럼 아이 때문에 사는 자리를 옮겨온 셈이다. 지금 생각해 봐도 승민이에게 살아갈 무대를 바꿔 준 것은 아주 잘한 일이라고 생각한다.

어느 날 승민이처럼 타악기를 전공하는 승민이 친구 엄마가 전화를 했다. 대입 수시 전형에서 떨어지고 정시 전형만을 남겨두고 있다면서, "너무 적은 인원을 뽑으니 우리 아이가 갈 곳이 없는 것 같다"고 걱정이 한가득이었다. 승민이처럼 유학을 보내고 싶은데 빠듯한 가정형편에 가능할지가 우선 걱정이라는 얘기까지.

나는 우리가 지나온 경험을 간단하게나마 이야기했다.

"우선 비용 문제인데요, 이곳은 생각과 달리 학비가 아주 저렴해요. 학비 외에 실기를 배우기 위해 따로 돈을 내는 일도 없구요. 그러니 한국에서의 대학 입학금과 반주비, 연주비 등을 합쳐야 하는 총금액보다 유럽에서 음악 유학을 하는 쪽이 훨씬 저렴하답니다. 집값은 혼자 살 경우 우리나라 돈 50만 원 이하면 충분히 지낼 수 있고, 친구랑 같이 산다면 더 저렴하게도 가능해요. 용돈이랑 생활비는 한국이랑 비슷할 듯합니다. 대신 여기서는 연주를 하게 되면 꼭 수고비를 받기 때문에 자기 용돈 정도는 벌 수 있습니다.

아이에게 우선 여러 학교의 홈페이지를 조사해 보라고 해서 원하는 학교의 입시 전형을 알아본 뒤, 교수에게 메일을 보내거나 연락을 취해서 가서 만나 보는 일이 중요합니다. 언어가 불안하면 그곳 학생회나 한인 커뮤니티에 적극 수소문해서 한국 학생을 찾아 도움을 받으세요. 그리고 마지막으로 중요한 일은 좀 더 가능성을 높이기 위해서 지금 당장이라도 언어를 배우는 거예요. 조금이라도 용기를 내는 데 큰 역할을 해줍니다."

부모는 아이가 자기 길을 잘 뻗어 나갈 수 있도록 안내해 주는 것이 무엇보다 중요하다. 아이가 있는 자리에서 정 안 되겠다 싶으면 판을 바꾸는 것도 하나의 방법이다. 대부분의 엄마들은 아이를 마구 잘라서 정형화된 틀 안에 집어넣는 것을 바르게 키우는 것이라고 착각한다. 나 또한 그랬으니까. 이런 경우 기존의 사회에서 인정받을 수 있을지는 모르나 정작 아이는 불행해진다. 많은 사람들이 아이를 성공시키는 것이 아이를 위한 길이라고 착각하지만, 혹시 부모의 대리만족 욕구가 더 큰 것은 아닐까.

물론 누구나 사회 구성원으로서 감당해야 할 몫이라는 게 있다. 하지만 적절하게 교육을 하고 훈련을 시키다가도 '이 길이 과연 맞는 것일까' 하는 의문이 들 때가 있다. 엄마의 감각적 판단이라고 할까. 어느 수준에 이르면 이건 아니다 싶은 지점이 있을 것 같다. 그럴 때는 과감하게 판을 바꿀 수 있는 용기를 가져야 한다.

레슨비를 척척 낼 형편이 못 되고 줄도 없고 빽도 없지만 아이가 그 분야를 정말로 사랑하고 재능이 느껴진다면, 눈을 돌려 더 넓은 세계로 나아가라고 권하고 싶다.

가족은 또 하나의
황홀한 오케스트라

어느 날 아이가 "어떻게 한 사람을 만나서 엄마 아빠는 지금까지 좋아할 수 있어?"라고 물었다. 자기 친구들을 보면 자꾸 헤어지던데, 어떻게 지금까지 좋아할 수 있는지 신기하단다. "뭐든 그냥 되는 게 있는 줄 알아? 얼마나 열심히 노력해야 하는지 몰라!" 이렇게 말하면 인생이 너무 힘들게 느껴질까 봐 살짝 고민되기도 한다.

남편은 내가 일하는 걸 아주 좋아한다. 같이 사는 사람과 이야기가 안 통하면 못 살 것 같다고 할 만큼 대화하는 걸 좋아하다 보니 화제가 아주 다양하다. 우리가 같은 종류의 일을 하는 건 아니지만, 내가 음악 얘기를 하면 남편이 '오~' 하면서 귀기울여 듣고, 남편이 사업 얘기를 하면 나 또한 귀기울여 듣는다. 대화를 하면서 서로의 세계를 간접경험한다고나 할까. 그렇다 보니 세월이 흐를 수록 대화의 공통분모가 줄어드는 게 아니라 늘어난다. 이렇게 우리가 이야기를 많이 나누는 모습을 보고 자라다 보니 엄마 아빠가 서로 너무 좋아한다고 느꼈나 보다.

사실 어렸을 때 승민의 불만 사항 중 하나가 "왜 엄마 아빠는 항상 의견이 일치하느냐"는 것이었다. 다른 집은 엄마한테 야단맞으면 아빠가 위로해 주고, 아빠가 뭐라고 하면 엄마가 자기편이 되어 주는데, 우리 집은 엄마와 아빠가 한편이라는 것이다. 그 이야기를 듣고 한참을 웃었던 기억이 난다. 그 뒤로도 가끔씩 그 이야기를 떠올리곤 한다. 이처럼 일부러 그런 건 아니었지만 남편은 항상 내 의견을 존중해 주었다.

법륜 스님은 어느 날 강연에서 어떤 사람이 자기와 너무 다른 남편의 성격을 어떻게 고쳐야 할지 묻자, "결혼의 조건 중 최고로 중요한 건 내가 상대방에게 맞춰 줄 수 있느냐"라고 답했다. 결혼 생활은 공동체 생활이기 때문에 그런 준비 없이 결혼하면 힘들어 안 된다는 소리였다. 누구를 바꾸려는 일은 욕심이 앞선 이기적인 사고다. 맞다! 그런 의미에서 우리 부부는 서로에게 맞춰 줄 준비가 되어 있었다.

남편은 제주도 출신이다. "시댁이 제주도니까 넘 좋겠다! 맨날 제주도로 여행 가고." 모두들 이렇게 말하지만 정작 나는 내심 속앓이 스토리가 줄줄이다. 신혼 초는 물론이고, 그 후로도 몇 년을 명절 때 시댁에 가서 음식을 잘 못 먹었다. 문화도 달랐지만 음식이 입에 안 맞아서였다. 가면 음식을 도통 못 먹으니까 남편이 제주도 가기 전날에는 미리 맛있는 걸 먹자며 외식을 하곤 했다. 그 마음이 어쩌나 고마운지 제주도에 가면 즐거운 마음으로 기꺼이 일했다. 게다가 명절 음식 준비가 다 끝나면 남편이 밤중에 몰래 불러내서 드라이브를 시켜 주기도 했다. 이런 얘기를 아이에게 들려주면 "아, 정말 감동이야! 아빠 최고다, 최고!"라며 좋아한다.

"이렇게 노력하니 아직도 서로 좋아하는 것 아닐까?" 하자, 그때서야 이해할 수 있다는 듯 고개를 끄덕인다. "엄마 아빠가 잘 살아야지만 앞으로 너희들을 괴롭히지 않을걸. 엄마 아빠 사이가 나쁘면 너희들한테 집중할 테고, 그러면 너희들이 계속 신경써야 할 텐데 그럼 좋겠어?"

사람은 타인과의 만남을 통해 비로소 성장한다는 말이 있다. 나역시 가족의 굴레에서 벗어나지 못하고 있다가 결혼 후에야 비로소 진짜 나로 성장하기 시작한 것 같다. 남편은 나를 만나지 않았더라면 참 헛된 삶을 살았을 거라고 나를 띄워 준다. 남자들은 약간 허세가 있는데, 남편에게 그런 것들이 보일 때면 잔소리 같은 조언을 하곤 한다. 그러면 남편은 기분 나빠 하지 않고 고맙게 받아들인다.

그렇게 우린 서로 변하면서 어우러져 살아가고 있다. 여러 악기가 마음을 모아 박자와 화음을 서로 맞추는 오케스트라처럼 가족끼리 살아가는 일도 그와 별로 다르지 않은 것 같다.

남편의
털실내화

남편은 15년째 작은 규모의 섬유 무역 사업을 하고 있다. 처음에는 지인 사무실 한구석에 책상 하나를 놓고 시작했다. 몇 해가 지나서 직원 두 명을 두고 회사 이름을 단 사무실을 마련해 옮겼다. 책상 하나만 놓여 있는 사장실에서 낡고 냉난방 때문에 불편하다면서도 세가 저렴하다며 10여 년 동안 그곳을 떠나지 않고 사업을 꾸렸다.

　그러다가 몇 해 전 직원이 몇 명 더 늘자, 좀 더 나은 환경을 찾아 이사를 했다. 이제는 냉난방 걱정 없이 살 거란 생각에 참 다행이다 싶었다. 가을이 지나고 겨울이 되자, 남편은 털실내화를 사달라고 했다. 사무실을 가봤더니 깔끔하고 좀 넓어지긴 했는데 사장실로 쓰는 방은 베란다를 확장한 곳이어서 웃풍이 심해 너무 추웠다.

그 넓이에 다른 곳은 고정 지출 비용이 너무 많아질 것 같아서 그 사무실을 선택했다고 한다.

빈 가는 걸 포기하고 있을 때 여행 삼아 시험 보고 오라며 비행기표를 바로 사주었던 남편은 이렇게 자기만의 돈 쓰는 방법이 따로 있다. 자신이 가치 있다고 생각하는 곳에는 아낌없이 쓰지만, 남들 보기에 번듯하기 위한 것에는 좀처럼 돈을 쓰지 않는다. 사무실에서는 발이 시려워 털실내화를 신고 일하면서도 나의 학비는 두말없이 지원해 준다. 또 고급 브랜드 구두는 거들떠보지도 않고 아는 분이 자신의 취향이 아니라고 준 신발을 소중하게 신고 다닌다.

그런 남편을 보면서 나 또한 돈을 열심히 버는 것과 잘 쓰는 일이란 어떤 것일까 자주 생각한다.

궤도 밖에도 **길은 있다**

우리 부부의
동반성장

아이들이 어렸을 때 윗집 아줌마한테 아이를 맡기고 일을 했다. 그러다 보니 내가 받는 레슨비가 육아비로 홀랑 다 들어갔다. 남는 게 없었지만 그래도 일을 했다. 남편은 반대하기는커녕 "지금 그만두면 애들이 다 컸을 때 다시 시작하기 쉽지 않을 것"이라며 돈을 벌수는 없지만 노하우를 얻자고 했다.

남편은 가정을 꾸리는 것도 회사 꾸리는 것처럼 경영 마인드가 있어야 한다고 말한다. 물론 방법은 다르지만, 집에 와서 무조건 쉬면 가정 경영이 제대로 안 된다고 했다. 몸을 쉬는 곳이 전부가 아닌 에너지가 충전되는 곳이 되려면 그에 맞는 노력을 해야 한다는 것이다.

또한 내가 일을 하기 때문에 생기는 불편을 기꺼이 나눈다. 일은 우리에게 성장과 소통의 도구이다.

그러나 아이들은 그 사이에서 갈등을 겪어야 했다. 몇몇 극성 엄마들이랑 비교하면 나는 너무나 무심한 엄마였다. 자전거 바퀴에 바람이 빠졌다고 아이에게 전화가 오면 '지금 가야 하나, 말아야 하나' 고민하다 아직 일이 남아 있으니 갈 수 없다고 단호하게 말하는 식이다.

"승민아, 네가 해결해. 자전거 놓고 집에 갔다가 나중에 엄마랑 가지러 가자."

아이에겐 자전거가 최고의 보물일 텐데 얼마나 엄마가 야속했을까. 아니나 다를까, 울고불고 난리가 났다. 그래도 나는 냉정하게 전화를 끊었다. 마음이 아프긴 했지만 다치거나 위급한 상황이 아니기 때문에 애가 충분히 해결할 수 있다고 생각하며 마음을 다잡았다.

그런 일들이 쌓이며 아이들은 점점 엄마 치맛자락에서 벗어나 독립적으로 된 것 같다. 그러다가 새로운 세상을 보면서 엄마를 찾지 않게 되었다. 물론 사춘기도 오고.

나는 결혼하고 나서 대학원을 갔다. 그때 남편은 이렇게 말했다. "내가 그 비용으로 보험을 들 수도 있지만, 만약 내가 불의의 사고로 죽었을 때 당신이 공부를 해놓으면 혼자서도 살 수 있는 능력이 조금이라도 더 생기지 않겠느냐. 그런 의미로 지원한다"고.

내가 승민이와 함께 빈으로 공부하러 갈 때 나의 1년 학비가 200만 원 정도니까 남편에게 명품 가방 하나 사준다고 생각하라면서, 꼭 재교육을 받고 싶다고 설득했다. 물론 떨어져 살아야 하니까 불편하긴 하겠지만 그건 어쩔 수 없다. 다 가질 수는 없으니까. 남편은 대학원을 지원하던 그 마음으로 또 재교육 받는 데도 동의했다.

나 또한 남편한테 가끔 묻는다. "10년 뒤에는 어떤 위치에서 어떤 모습일지 생각해 봤어요?" 사업 하는 사람은 재교육을 받을 기회가 비교적 적다. 그런 남편에게 앞날에 대한 계획을 물으며 계속 자극을 주는 것이다.

남편은 현재 성당 커뮤니티나 세미나 등의 활동을 통해 재교육을 받고 있다. 사업을 하다 보면 작은 분야에만 몰입해서 사고가 굳는 것은 아닌지 우려가 생길 때 슬며시 남편의 옆구리를 찌른다. 노후가 보장되지 않는 우리나라에서는 경제적인 것과 정신적인 두 가지를 스스로 준비하지 않으면 노년의 삶이 힘들어질 게 불 보듯 뻔한 일이니 정신 차려야 한다고.

너무
늦었냐고요?

자기 아이가 예술 분야에 흥미를 느끼고 재능을 보이면 부모의 고민이 깊어진다. 현실적으로 예중을 가지 않으면 예고 가기란 하늘의 별 따기나 다름없다. 예중을 가야 그 뒤가 수월해진다. 그런데 예중을 가기 위해선 2~3년간 준비를 해야 한다.

그렇다면 결국 열 살 무렵엔 진로를 결정해야 한다는 소리다. 어릴 때부터 계획적으로 연습해야 하고, 특별함을 나타내야 한다는 말이다. 물론 천부적 재능이 있는 몇몇 아이들은 당연히 그렇게 하고, 그럴 수 있다.

그런데 모두가 그렇게 되어야 하는가? 한국에서는 모두가 천재적 스타의 모습을 바라보며 그 환상 속에서 음악을 시키고 있다.

그렇게 되지 않으면 실패한 인생이라고 굳게 믿고서. 겨우 열 살에 세상에 어떤 음악이 있는지, 어떤 악기가 있는지도 잘 알 수 없을 텐데….

모든 것은 그 이전에 결정되고 앞으로 전진만 있다. 결국 엄마의 선택과 만족, 강요로 아이들의 인생이 결정된다고 해도 과언이 아니다.

내가 운영하는 피아노 학원에서 학부모와 첫 상담을 할 때 가끔 "우리 아이가 음악을 아주 좋아하고 재능이 보여요 그런데 이미 너무 늦었지요?"라고 얘기하는 분들이 있다. 아이가 겨우 열세 살밖에 안 됐는데. 뭐가 늦었다는 걸까. '랑랑'처럼 대스타가 되기에는 늦었다는 말인가? 음악을 하면 대스타가 되어야만 하나? 음악을 전공하고 평생 직업으로 삼기에는 늦었다는 말인가?

이미 엄마의 말에는 아이가 자율적으로 꿈꿀 여지를 닫아 놓은 채 '내가 판단한 게 맞지요?'라고 확인하고 싶은 속내가 담겨 있는 게 아닐까. 그럴 때마다 나는 머리가 복잡해지면서 무슨 답을 해야 할지 몰라 어물거리기 일쑤다.

사실 나는 60세에 독주회를 하려는 꿈을 꾸고 있다. 이런 나는 너무 늦은 건가? 실패한 사람일까?

간절히 꿈꿔 왔던
음악의 길

승민이가 사춘기를 별탈 없이 보낼 수 있었던 것은 음악이라는 자신이 하고 싶은 것을 찾았기 때문이기도 하지만, 엄마가 일을 했던 것도 한몫 하지 않았을까. 흔히 사춘기 아이에게는 엄마의 간섭과 잔소리가 가장 힘들다고 말한다. 보는 엄마 입장에서도 요상스런 아이 행동들이 죽을 맛이지만 그냥 조금 내버려두는 것이 그 열병을 덧나지 않고 지나가게 하는 일이지 싶다.

아이와 부딪쳐 마음이 안 좋더라도 일을 하다 보면 어느새 잊기도 하고, 반성도 하고, 객관적으로 볼 여유가 생기는 것 같다. 계속 아이의 행동거지에 몰입해서 결과에 신경을 쓰고 있으면 엄마가 아이에게 마음의 짐이 되기 십상이다. 둘 다 행복해지기 위해서라도 엄마가 자기 일을 하는 것이 좋은 것 같다.

사실 승민이가 한창 사춘기일 때 난 피아노 교재를 만들어 보겠다고 뜨거운 열정을 뿜어내고 있었다.

일반 대학을 졸업하고 피아노에 대한 미련을 버리지 못해 다시 음악대학을 가서 피아노를 전공하고 보니 교수에게 레슨을 받지 않은 사람은 나 혼자밖에 없는 듯했다. 내가 생각하는 피아노의 세계와 어려서부터 부모의 든든한 뒷받침을 받으며 피아노를 배운 사람들의 세계는 너무 달랐다.

그 차이는 졸업 후 일하는 것에서도 나타났다. 피아노를 배우고 누구를 가르치는 일은 대부분 하고 있는 일임에도 불구하고 '어떻게 가르칠 것인가?'라는 치열한 고민을 하기보다는, 돈을 벌기 위한 수단이나 명예를 얻기 위한 강사 자리에만 열중하는 듯했다.

개중에는 음악을 전혀 좋아하지 않는 사람도 많았다. 어쩔 수 없이 음악을 하고 있는 사람들이 놀라웠다. 어려서부터 내가 간절히 꿈꿔 왔던 음악의 길을 아무렇게나 취급하는 그들이 잘 이해되지 않았다.

또 대학을 졸업하고 늦은 나이에 대학원에서 '피아노 교수법'을 전공하면서 다양한 사고와 경험을 중요시하는 오늘날, 너무나 오래된 주입식 교재를 쓰고 있는 현실이 답답했다. 최근 들어 미국식 피아노 교재가 유행하고 있지만, 나는 아이들을 가르친 경험을 바탕으로 피아노 교재를 새로 만들어 보고 싶었다. 이 작업은 아직도 진행 중이다.

이를 위해 나의 경험치를 더욱 늘릴 수 있는 빈에서의 공부는 정말 꿀맛이다. 겨우겨우 음악을 해야 했던 사람들은 이런 기쁨과 열정을 느끼지 못할 것이다. 이는 자기가 하고 싶은 것을 포기하지 않고 업으로 만들어낸 사람만이 느낄 수 있는 환상적인 맛이기에.

나의
메조 이야기

#'메조'에 담긴 뜻

메조는 음악의 셈여림 지시 중 '너무 ~하지 않게'라는 뜻이다. 메조 포르테(mf)는 너무 크지 않게, 메조 피아노(mp)는 너무 작지 않게 연주하라는 것이다.

그런 점에서 메조는 한자의 '중용中庸'과 같은 의미를 담고 있다고 할 수 있다. 모든 일을 어느 한쪽에 치우치지 않게 하라는….

내가 운영하는 피아노 학원에 '메조'라는 이름을 붙인 것은 그래서이다. 돈을 버는 데 치우치지도 말고, 또 일을 이유로 집안일을 내팽개치지 않고 살아가리라는 생각으로 지은 이름이다.

피아노 어떻게 배울 것인가

처음 피아노를 배우기 시작하는 5~6세 아이에게 피아노는 매우 복잡하고 큰 악기다. 건반도 많고 두 손을 모두 써야 하기 때문이다. 두 손을 사용해 여러 성부를 노래하고, 때로는 오른손으로 멜로디를, 왼손으로는 반주를 해야 한다. 리듬과 멜로디, 화성의 모든 요소를 해결해야 하는 복합적인 상호작용이 필요한 악기인 것이다. 따라서 습득하려면 꽤 오랫동안의 연습이 필요하다.

나는 그런 피아노 입문을 어떻게 하는 것이 힘든 과정을 오랫동안 참아내며 연습하고, 또한 음악을 좋아하게 되는 성공적인 방법인지를 연구해 왔다. 소리에 귀기울여 반응하고, 나이와 신체 크기에 맞는 연주를 하면서 손가락 테크닉을 길러 가는 자연스러운 훈련을 유도하는 방법을 연구한 것이다. 그 결과 그룹 레슨이 큰 도움이 된다는 것을 알게 되었다(그 경험과 결과를 대학원 학위 논문으로 쓰기도 했다).

그룹 레슨이라고 해서 꼭 여러 명이 해야 하는 것은 아니다. 선생님과 둘이서도 할 수 있고, 친구와 둘이서도 가능하다. 예를 들어 선생님과 학생 두세 명이 그룹 활동을 한다고 가정해 보자. 먼저 네 마디 악보(학생이 배우고 있는 곡 중에서 고르면 된다)를 갖고 그 노래를 연주해 보고 익힌다. 그리고 포스트잇에 쉼표를 그린 다음 각자 원하는 곳에 붙인 후 연주해 본다.

이런 활동을 하면 배우는 곡의 악보가 눈에 더 잘 들어올 뿐만 아니라 무시하고 지나치기 쉬운 쉼표를 챙길 수 있다. 또한 선생님과 학생이 지시하고 틀린 점을 잡아내는 상하 관계가 아니라 질문을 주고받는 수평 관계로 수업을 할 수 있어 몸과 마음의 긴장이 완화되면서 관계가 한결 부드러워진다. 또한 다음 번에 할 악보를 정하는 과정에서 아이는 자기주도적 피아노 시간을 경험하고 선생님이 요구하는 테크닉 훈련도 기꺼이 함께하게 된다.

여러 방법으로 다양한 개념을 이해하려면 주 2~3회 40분씩 1년 가량의 시간이 필요하다. 이런 활동들과 함께 작은 곡들을 공부하는데, 아무리 짧은 곡이라도 연주할 수 있을 만큼 완성도를 높인다. 작은 곡에서 연주의 즐거움을 느낀다면 다음 곡에 대한 연습 동기 부여는 충분하다. 개념이 조금 확립되면 다양한 곡들을 접할 수 있게 한다. 연주하면서 부족한 테크닉은 체르니나 하농 등 다른 연습곡을 통해 기른다.

이처럼 초급 음악 교육은 많은 정성과 세심한 준비가 필요하다. 그러나 우리 현실에서는 하찮은 기초 과정이라고 여기는 경향이 있다.

좋은 피아노, 좋은 환경

학원 인테리어를 할 때 칸막이 공사가 아닌 방음 공사를 했다.

문과 사방 벽의 두께를 30센티미터 정도로 만든 것이다. 그로 인해 공기 흐름이 나빠질 수 있어 방마다 창문을 내고 이중창을 설치했다. 공사를 맡은 디자이너가 창문이 없으면 방이 두 개는 더 나올 텐데 굳이 이렇게 배열하겠냐고 했을 때 솔직히 잠깐 고민하기도 했다.

하지만 방의 개수보다 피아노를 연습하기 좋은 환경을 선택했다. 피아노는 현을 울리는 소리의 다양함을 듣고, 조절하고, 서로 어울리는 소리를 듣는 게 중요한데, 합판을 사용한 방은 옆방의 소리가 그대로 들리고 내 피아노 소리도 섞여서 듣는 작업이 잘 이루어지지 못한다.

또한 업라이트 피아노보다 그랜드 피아노를 놓았으며, 관리와 조율도 실력 있는 사람에게 계속 맡기고 있다. 해머가 다 닳은 업라이트 피아노는 피아노 고유의 아름다운 소리와는 거리가 멀기 때문이다.

처음 피아노를 배우는 아이의 기억이 얼마나 중요한가! 초급은 아무렇게나 배우고, 잘하면 좋은 곳에 가서 배우려는 일반적인 생각은 잘못된 것이다. 오히려 그 반대가 되어야 한다. 피아노를 처음 배울 때 되도록 좋은 피아노와 좋은 환경에서 배운다면 잠깐 배우더라도 훗날 음악을 사랑하고 다시 음악을 찾는 사람이 될 것으로 믿는다.

미미와 파시

우리 학원에 많은 아이들이 스쳐지나갔다. 그중에서 이제는 대학 입시를 앞둔 고3과 고2가 된 단을과 예림이가 있다. 처음 왔을 때에는 피아노 의자에 앉아도 발이 바닥에 닿지 않은 일곱 살, 여덟 살이었다. 아이들은 신나게 피아노를 치다가도 어느 때는 싫증을 내고 연습하는 것도 지겨워했다.

하지만 흔들리지 않고 피는 꽃이 어디 있으랴. 아이들은 어느덧 피아노와 함께 몸도 마음도 커져 갔다.

단을은 의대를 준비하는 힘든 공부 중에도 방학 한 달 동안 레슨을 받으러 왔다. 조금이라도 잠 좀 더 자고 쉬어야 할 시간에…. 놀이동산을 갔을 때 힘들지만 신나는 것처럼 피아노도 그렇다고 했다. 입시가 끝나면 불쑥 나타나 레슨을 받겠다고 할 것 같은, 음악을 정말로 좋아하는 아이다.

예림이는 눈이 예쁜 아이인데, 특히 그룹 레슨을 좋아했다. 국제학교에 다니면서 ABRSM(영국·싱가포르·호주·뉴질랜드에서 음악 수준을 테스트해서 등급을 매기는 시스템) 인증을 접했는데, 어릴 때 배운 그룹 활동의 내용들이 바로 시험 항목들이어서 수월하게 통과할 수 있었다고 했다. 방학 때마다 준비하고 시도한 결과 최고급인 8급까지 합격했다. 엄마는 입시 공부하는 동안은 피아노 연습 하지 말고 그 시간에 쉬길 바랐지만 그 아이는 "그 시간이 신선한 숨

을 쉬는 시간이라고요!"라고 한단다.

이 두 아이는 내가 만든 피아노 교재의 모델이기도 하다. 캐릭터 이름은 '미미'와 '파시'로, 두 아이에게 가르친 내용과 경험을 고스란히 담았다. 우리나라 최초로 기업과 대학 연구소가 산학 협력을 통해 만든 초급 피아노 교재이다. 팀장이었던 나는 온 정성과 에너지를 쏟아부어 교재를 탄생시켰지만, 기업과 학교의 조율 실패로 세상의 빛을 보지 못한 채 지하 창고 어딘가에 쌓여 있다. 언젠가는 수정 보완한 새 교재를 꼭 만들 생각이다.

슬로푸드 같은 피아노

피아노가 만만한 악기가 아닌 건 분명하다. 피아노를 배워 보겠다고 모두 야심차게 시작하지만 회사일이 바쁘고, 아이가 아프고, 시댁에 일이 생기고, 딸이 아기를 낳고 등등의 이유로 우선순위에서 밀려나 몇 달 지나지 않아 결국 포기하고 만다.

그런데 46세에 처음 피아노를 배우러 온 분이 있었다. 이분은 악보도 전혀 볼 줄 몰라서 계 이름부터 하나하나 배워야 했다. 게다가 손은 마른 나뭇가지처럼 뻣뻣하고, 몸은 경직되어 있으며, 팔은 마치 돌덩이 같았다. 과연 얼마나 버틸 수 있을까 싶었다.

예상과 달리 그분은 주말을 제외하고 직장 일이 끝나면 거의 매일 저녁에 와서 연습을 했다. 화음 누르기 한 달, 양손치기 1년, 간단한 화음으로 된 로망스 연주 석 달…. 이렇게 4년이 흘렀다. 이제는 쇼팽의 짧은 왈츠, 〈소녀의 기도〉, 〈엘리제를 위하여〉를 끝까지 연주하는 기적을 보여주고 있다.

피아노는 이처럼 당장 그 효과를 보여주지 않는다. 우리를 와락 껴안아 주지 않지만 슬로푸드처럼 삭히고 발효가 되면 깊은 기쁨을 준다.

비위가 아닌 호흡을 맞추다

악기를 왜 배워야 하는지, 어떤 효과가 있는지 모두가 알고 싶어 한다. 만약 1+1=2처럼 답이 정확하게 있다면 누가 고민을 하랴. 언어가 우리를 소통하게 하는 것처럼 악기 연주도 다른 하나의 언어처럼 나를 표현하고, 상대방과 소통하고 함께 공감하는 도구이다. 모든 예술이 그렇다.

그래서 우리는 다른 표현 도구를 하나 더 가질 것인지 말 것인지 선택할 수 있다. 아기가 태어나 말을 하기까지 오랜 시간이 걸리듯 악기라는 언어도 자유롭게 쓰려면 많은 시간이 필요하다.

그러나 엄마들 모임에서 "음악과 미술은 3년 안에 끝내고~"라는 얘기를 쉽게 들을 수 있다. 피아노를 3년 안에 끝내고 본격적으로 공부를 시키겠다는 야심찬 계획이다. 그래서인지 대부분의 아이들은 5학년에 올라갈 때쯤이면 학업과 딱히 관련 없어 보이는 예술 교육을 중단한다.

아이들은 5학년이 되면 물론 개인차는 있겠지만 사춘기 시작을 알리는 반항과 함께 무기력증을 보인다. 반면, 엄마는 자식이 이제 뭔가에 몰입해서 성과를 내기 위한 자세를 취하길 원한다. 그러다 보니 갈등이 안 생길 수가 없다.

피아노 학원에서도 자주 실랑이가 벌어진다. 피아노를 열심히 치면 공부는 안 하고 피아노만 좋아한다는 엄마의 투정, 두어 달 동안 기쓰고 연주회를 준비하고 있는 아이의 열정도 부족해서 진도를 빨리 빼는 곳으로 보내는 엄마…. 그러면 아이는 뭘 어찌해야 할지 몰라 어디에도 뿌리를 내리지 못하고 힘없이 인사하고 떠난다.

3년 안에 뭘 끝낼 수 있단 말인가? 특히 초급 아이들을 가르치려면 에너지가 몇 배는 더 든다. 게다가 요즘 아이들은 쉽게 싫증을 내고 참아내는 힘도 약하다. 아주 흥미롭고 신선하지 않으면 금방 주위가 흐트러지기 일쑤다.

　그룹 활동을 하다 보면 기분이 안 좋은 날이면 시시하다고 투정 부리고, 자신도 친구랑 똑같은 곡을 하겠다고 떼쓰는 아이들이 많다. 한번은 친구가 대답할 순서에 나서서 먼저 답을 하는 아이에게 차례를 지키라고 했더니 "나 그럼 피아노 끊을 거예요!"라고 하더란다. 담당 선생님은 혼돈의 순간을 간신히 수습하고 나와서 하염없이 북받치는 눈물을 주체하지 못했다. '학생과 호흡을 맞추려고 했는데, 결국 내가 비위를 맞추고 있는 건가'라는 자괴감이 들었기 때문이다.

우리는 한편

　우리 학원생들은 두세 달에 한 번씩 새로 배운 곡을 부모님들 앞에서 연주하는 시간을 갖는다. 좋은 기억으로 남을 수 있는 연주 경험을 위해서이다. 2인3각을 할 때처럼 긴장을 놓칠 수 없는 시간들이다. 성격에 따라 많이 긴장하고 두려워하는 아이도 있지만, 선생님과 같이 듀오 곡을 연주하거나 자신 있게 연습한 쉬운 곡을 골라서 두려움을 조금씩 잊는다. 우리 아이가 얼마나 잘하나 주의 깊게 보는 엄마, 연주하는 아이보다 더 떨리는 마음으로 "괜찮아!"를 외치는 할머니, "우리 애가 이렇게 할 수 있다니!" 감탄해서 바라보는 아빠들로 붐비는 좁은 공간에서 복잡하고도 드라마틱한 연주회가 펼쳐진다.

선생님은 아이들이 행여 실수할까 봐 가슴을 졸이지만, 신기하게도 실전에만 서면 당당하게 헤쳐 나가는 아이들 모습을 보고 "그래, 이거야! 너희들은 세상 어떤 일도 이렇게 하면 된다"고 외치곤 한다.

새로운 곡을 시작하면 다음 연주 때 이 곡을 연주하겠다고 벌써 약속하는 아이도 있고, 연습이 미흡해서 다음번에 연주하자고 하면 속상해서 눈물 흘리는 아이도 있다.

한번은 연주를 못하게 된 3학년 세윤이가 연주 진행 도우미로 와서 연주 순서를 챙겨준 적이 있었다. 연주가 다 끝난 후, "오늘 연주한 아이들에게 많이 칭찬해 주세요. 그러나 모두가 연주를 하는 건 아닙니다. 조금 덜 준비된 아이들은 다음 연주를 기다리고 있어요"라고 인사말을 하자, 세윤이가 소리내어 펑펑 울었다. "연주 못해 속상해요"라면서.

또 어느 연주회 때는 배우는 곡의 진도가 다 나가지 않아서 자기 연주는 못하고 친구의 연주를 들으러 왔던 아이가 진행을 하고 있는 나에게 와서 귓속말로 속삭였다.

"저 지금 배우는 곡, 배운 데까지만이라도 연주하면 안 될까요?"

나는 바로 그 자리에서 순서 중간에 그 아이를 끼워 넣었다. 미완성이긴 하지만 그 아이의 멋진 연주에 모든 사람이 감탄하고 환호했다.

가끔은 아이와 작전을 세우기도 한다. "도돌이표 할 때는 아주 다른 셈여림으로! 이 곡의 끝은 악보에 없지만 매우 세게!" 등등. 그런 작전에 성공하면 아이와 나는 눈빛으로 하이파이브를 외친다. 둘만 아는 이야기에 우리는 어느새 한편이 된다.

내 인생의 친구이자 꽃밭

그동안 숱한 시행착오를 거치고 좌충우돌하면서 이제 오십 고개를 넘은 내게 메조는 힘든 시간들을 무사히 헤쳐 나오게 도와준 비밀 정원이나 다름없다. 아이들이 다 커서 떠나고 난 뒤에도 메조는 여전히 내 곁에 남아 삶의 열정을 북돋워 줄 것이다. 메조는 내 인생의 친구이자 꽃밭이다.

겁주는
사회

지금도 음악은 어느 정도 부의 상징이다. 돈이 많아야 악기를 배울 수 있는 것으로 대부분 인식한다. 교수나 유명 교향악단 단원에게 레슨을 받을 때는 세무조사를 피하기 위해 현금으로 레슨비를 내야 하기 때문에 트렁크에 현금 다발을 넣고 다녀야 한다는 소리가 있을 정도였다. 딸에게는 '사'자 붙은 사위를 얻기 위한 혼수로 악기를 시키거나 대학 간판을 따기 위해 악기를 시킨다는 조롱도 흔히 들린다.

내가 대학원 다닐 때 가르치던 학생 한 명이 전공에 대해 고민을 하길래 교수님께 살짝 물어 본 적이 있었다. 그랬더니 "그 아이 집은 경제력이 좀 되니?"라는 질문부터 하셨다. 난 그 아이 부모님에게 전공을 하지 않는 게 좋겠다고 전했다. 그 아이는 다른 분야도 잘했기 때문에 돈이 먼저 기준이 되는 분야로 굳이 안내할 필요가 없었다. 그러고 보니 음악계에서 높은 지위에 있는 분들은 대부분 금수저라는 공통점도 있다. 내가 세상 돌아가는 물정을 너무 몰랐나? 어쩌면 그런 걸 몰라서 더 용기를 낼 수도 있었겠지만 말이다.

한국에서는 줄이 없으면 자리 잡기 힘들다는 이야기를 참 많이 듣는다. 예술 분야도 일정한 학맥이 있어야 인정을 받고, 끌어주는 선생을 만나야 한다는 생각이 지배적이다. 그랬기에 승민의 선택을 바라보는 주위 사람들의 조언은 거의 협박에 가까웠다.

왜 그럴까? 그게 정말 맞는 소리일까? 어차피 이 줄서기는 발전보다는 순종을 더 강요하는 건데 그게 과연 옳은 길일까? 불만스러웠지만 그렇다고 감히 뛰쳐나가기 어려운 것이 현실이다.

특히 우리나라에서는 서양 클래식 음악 영역이 좁아서 오케스트라도 많지 않고, 음악회를 찾는 인구도 많지 않다. 그에 비해 전공하려는 학생들은 많으니 줄과 인맥만이 희망이라는 논리다.

지금도 승민에게 "거기서 그렇게 있다간 한국에 와서 자리 못 잡는다"며 혀를 끌끌 차는 지인들이 있다. 하지만 우리는 이제 하고 싶은 것을 해봤으니 별 걱정이 없다. 사실 시대가 이렇게 급격하게 변화하고 있는데 미래가 또 어떻게 변화할지는 아무도 모른다.

승민이는 이미 전 세계를 누빌 꿈을 조심스럽게 키우고 있다. 궁지에 몰렸을 때 첫발을 그렇게 떼어 봤으니 그 힘으로 또 다음을 도전해 볼 수 있지 않을까.

이제 나는 자신 있게 말한다. "내가 아이의 미래까지 책임져 줄 수는 없어요. 그건 앞으로 그 애가 해결해야 할 문제지요"라고. 한국에서 우리 애가 계속 1등을 하고 있었다면 나도 아마 이런 생각을 못 했을 것이다. 그렇기에 승민이처럼 학교에서 성적으로 칭찬받지 못하고 자신의 자리를 찾지 못해 힘들어하는 아이 엄마를 만나면 작으나마 용기를 주고 싶다. 현재 있는 곳이 아닌 것 같으면 다른 세상을 더 둘러보라고.

지금 승민이는 너무나 달라졌다. 자신감으로 가득 차 있고, 단 한 시간도 허투루 보내지 않으려고 최선을 다한다. 선생님과 동료들의 격려를 받으면서 자신의 숨은 재능을 끝없이 키워 가고 있다. 칭찬과 공정한 기회가 수렁에 빠져 허우적거리던 아이를 살려냈다.

일본 PMF
오디션 합격

이 책이 거의 마무리될 무렵, 늦은 저녁에 승민으로부터 전화가 왔다. 전화가 온다는 건 소소한 사건이라도 있다는 뜻이기에 나도 모르게 살짝 긴장되었다. 몸이 아프거나, 급히 사야 할 것이 있거나, 레슨을 힘들게 받았거나, 레슨을 아주 신나게 잘 받았다는 등등의 몇 가지 예감을 하면서 전화를 받았다.

"엄마!"

첫마디 목소리만 들어도 대략 기쁜 일인지 그렇지 않은 일인지 짐작할 수 있다. 일단 목소리 톤으로 봐서 나쁜 일 같지 않았다.

"엄마! 일본 PMF 오디션에 합격했다는 메일이 왔어요."

순간 나는 'PMF가 뭐였지?' 생각했으나 기억이 나지 않았다.

"응. 와~ 잘 됐다! 근데 뭐였더라?"

물어 보는 순간 생각이 났다. 지난 겨울 비디오 오디션을 준비한다고 힘들어하던

바로 '퍼시픽 뮤직 페스티벌Pacific Music Festival'이었다. 매년 여름 일본에서 열리는 PMF는 우리나라에는 잘 알려지지 않아서 승민이도 나도 잘 몰랐는데, 어떤 선배가 정보를 주어 함께 준비를 한다고 했다. 지원 가능한 나이가 만 18세에서 만 29세까지인데, 이제 만 18세가 넘었으니 마음 편히 경험 삼아 해보라고 했다던 이야기도 함께 떠올랐다.

쉬운 일이 아니었을 텐데 싶어 떨리는 마음으로 인터넷 정보를 급히 찾아보았다. 세계 수십 개국의 쟁쟁한 음악도들이 이 페스티벌에 참여하기 위해 도전장을 내민다고 한다. 100여 명을 최종 선발하는데 이 안에 들면 최고의 환경에서 각자의 역량을 갈고 닦으며 하나의 음악을 만들어내는 엄청난 경험을 하게 된다고 한다.

더욱이 매해 우수한 유명 지휘자를 초빙하고 악기마다 메이저 오케스트라 수석들이 와서 레슨을 해준다고 한다. 일본의 몇 개 도시에서 연주회를 하는데 항공권과 한 달 동안의 숙박과 숙식 및 레

슨 등 모든 것을 지원해 준단다.

2017년에는 전 세계에서 지원한 1235명 중 97명을 선발했다고 한다. 타악기 부문에서는 92명의 지원자 중 5명을 뽑았는데, 그 안에 승민이가 들어간 것이다.

거장 발레리 게르기에프Valery Gergiev가 음악 총감독과 지휘를 맡고, 타악기는 베를린 필의 수석 라이너 제거스Rainer Seegers, 시카고 심포니의 수석 신티아 예Cynthia yeh가 레슨을 한다고 한다. 같은 열망과 재능을 갖고 있는 사람들이 모여 얼마나 뜨거운 여름을 보낼지 생각만으로도 가슴이 벅차다.

사실 승민이는 2017 잘츠부르크 여름 페스티벌 참가를 위한 빈 필하모니 오케스트라 단원 오디션도 준비하고 있었다. 그런데 PMF 오디션에 합격했다는 소식을 듣고 한편으로는 고민에 휩싸였다. 두 페스티벌 시기가 겹치기 때문이었다. PMF 오디션 합격 사실을 숨긴 채 빈 필하모닉 오디션을 볼까, 아니면 그냥 포기할까 고민이 됐던 것이다.

그러다가 승민이는 현재 빈 필하모닉 연주자이기도 한 몇몇 교수님에게 고민을 털어놓고 의견을 구했다고 한다. 미리 밝히고 합격과 상관없이 오디션을 보라는 교수들과 괜한 오해가 생길 수 있으니 내년에 다시 도전하라는 교수 등 의견이 분분하다고 했다.

그러자 빈 필하모닉 단원들이 만나 회의하기로 했고, 그 결과 오디션을 보는 쪽으로 결정했다는 소식을 알려왔다. 그들의 사려 깊은 애정을 느낄 수 있어 절로 고개가 숙여졌다. 오디션 합격 여부를 떠나 솔직하게 밝힌 것은 아주 잘한 일 같다.

'넌 이렇게 혼자서도 큰일을 해내는구나. 이제는 내가 손잡아 주지 않아도 스스로 찾아 나서고, 원하는 것을 얻으며 커가는구나' 싶었다.

문득 어느 라디오에서 들은 멘트가 생각났다.

"분리를 목적으로 하는 것은 분리가 잘 되어야 성공이다. 우주선도 분리가 잘 되어야 하고, 낙엽도 나무에서 분리가 잘 되어야 하고, 자식도 부모로부터 분리가 잘 되는 게 그 목적이다."

이제 승민이는 자기 삶의 주인이 돼서 세상 밖으로 신나게 달려가고 있다.

승민아, 너를 항상 응원할게

승민아! 성공이란 무엇일까? 돈을 많이 벌게 되었을 때? 최고의 상을 수상했을 때? 높은 자리에 올랐을 때? 성공은 어떤 결과가 아니라고 생각한다. 하늘을 우러러 부끄럼 없이 당당하게, 원하는 자신의 일을 미친 듯이 해나가는 모습이 바로 성공이야. 진행형인 거야. 최고의 선생님과 동료들 사이에서 평등하고 정당하게 공부하는 지금이 성공인 거야. 시기와 질투, 돈과 빽에 휘둘리지 않고 너의 재능을 맘껏 키우고, 보여주고 있잖아. 마치 드넓은 바다를 헤쳐 나가는 고래처럼 말이야.

넌 지금 어디까지 뻗어 나갈지 알 수 없을 만큼 거침없이 그렇게 성공하고 있는 거야. 엄마 아빠는 세상에 내놓을 만한 스펙은 없단다. 물려줄 재산도 없어. 열정을 다해 도전하고 당당하게 성취하는 길이 옳은 것임을 전해 주는 것이 우리가 물려줄 수 있는 최고의 유산이란다. 앞으로 무수히 많은 시련과 갈등이 찾아올 거야. 그때마다 우리가 걸어온 길을 기억하며 다시 일어나 움직이렴. 그리고 훗날 네가 경험한 모든 정당함과 다른 사람을 인정하고 존중하는 마음, 음악을 향한 끝없는 사랑을 너도 누군가에게 꼭 전할 수 있길 바래. 그때쯤이면 우리 사회도 돈과 빽 때문에 선택이 달라지는 그런 수준에서 벗어나 있겠지. 너를 항상 응원할게.

닫는
글

이메일 한 통을 보내는 작은 용기로 우리 삶은 많이 달라졌다. 을씨년스럽고 추웠던 겨울을 지나 마침내 봄날을 맞았고, 이렇게 마음껏 날고 있다. 빈에서 승민이는 예비과 1년 동안 20여 회, 본과 1년 동안 30여 회가 넘는 개인 연주와 오케스트라 연주를 했다. 최고의 명성을 자랑하는 여러 음악 축제 오디션과 베를린 필 등 유명 오케스트라 아카데미 오디션도 준비하고 있다.

이 길을 오기까지 실패에 대한 두려움은 늘 우리를 괴롭히며 따라다녔다. 우리는 과정을 즐기고, 어떤 결과이든 겸허하게 받아들이기 위해 끊임없이 노력해야 했다. 가족과 함께일 때 가장 용기가 솟았고, 기도할 때는 욕심의 무게를 덜 수 있었다.

언제나 내 의견에 귀기울여 주고, 심통 부릴 때나 절망할 때 유머라는 약 처방으로 보듬고 상처를 아물게 해준 영원한 내 애인 남편! 엄마라는 자리를 선물해서 평생 행복할 수 있는 기회를 준 승규와 승민!

이 세 남자에게 삶 마지막까지 하늘만큼 땅만큼의 사랑을 전한다.

무수한 날들을 꿈을 찾아 재능을 키우기 위해 애쓰는 이 땅의 모든 아이들이 불합리한 기준과 돈, 배경 때문에 상처 입지 않기를 바란다. 그들의 노력과 재능이 가려지지 않고, 희망 찾기가 성공해서 봄날을 만끽할 수 있기를 두 손 모아 기도한다.

나와 뜻을 함께하고 '메조'라는 공간에서 피아노 교육 그 이상의 신념을 실천하고 있는 김현지·고다슬 두 선생님의 묵묵한 동행을 생각하면 가슴 깊은 곳에서 뜨거운 눈물이 흐른다. 우리 지금처럼 오랫동안 함께 걸어가길…. 그리고 내 작은 이야기를 소중하게 만들어 준 도서출판 나무와숲과 책이 나오기까지 도움을 준 김정은 선생께도 감사를 전한다.

바람 끝이 무뎌진 사랑스런 봄날 저녁에 책을 마무리하며 기도를 올린다. "처음과 끝, 기쁨과 슬픔이 어우러진 이토록 아름다운 삶을 허락하신 하느님께 이 모든 영광을 드립니다."

승민이와 엄마의 성장협주곡

궤도 밖에도 길은 있다

초판 1쇄 찍은날 2017년 4월 8일
초판 1쇄 펴낸날 2017년 4월 10일

지은이 유미경

펴낸이 최윤정
펴낸곳 도서출판 나무와숲 | 등록 2001-000095
주 소 서울특별시 송파구 올림픽로 336 1704호(방이동, 대우유토피아빌딩)
전 화 02)3474-1114 | **팩스** 02)3474-1113 | e-mail : namuwasup@namuwasup.com

ISBN 978-89-93632-63-7   03810